美についての五つの瞑想

フランソワ・チェン

美についての五つの瞑想

内山憲一訳

水声社

原著刊行者序文

このようにして生まれた本は数少ないでしょう。この序文に続くページは一風変わった話、ある一連の出会いの話の成果です。もちろん、そのページには独自の前史もあります。それは書くことに、何千年にも渡る芸術の伝統の伝達に、東洋思想と西洋思想の間の対話に、一身をささげてきたある生涯に根差しています。けれども、ほんのわずかな空間にその探求や熟考の核心を凝縮しようとしたときに——数年前からそのような願望を抱いていたのですが——フランソワ・チエンは、どうしたらよいか分からなくなっているような思いにとらわれました。彼が言うべきことは実際に単なる学識という枠を超えていて、それまでの個人的な歩みの最深部で自らを巻き添えにするものであり、重々しい学術的な論説という形は取りえないものでした。そのような著作は確かに役立つものであったかもしれませんが、実り豊かなものとはならなかったでしょう。もしそれが人をその人自身の最良の姿に戻そうと試みる、また特にその人を変貌させうる言葉をあえて発してみるのでなければ、美について語ることは何の役に立つでしょうか？　ですから、フランソワ・チェンという人の深奥で、まるで詩人が作家と学者に呼びかけるかのように、すべてが進みました。詩人は作家と学者に、まさに人類の救済が賭けられている主題について博識ぶって論じることは慎みのないことになると諭《さと》したのです。詩人は彼らに、世界の野蛮さについて鋭敏な意識を持つことなく「美」という語を提起してはならないと命じました。詩人はまた彼らに強く訴えました。良識に反する態度がほぼ全面的にはびこる世を前にして、美学がその核心そのものに到達するのは、倫理によって価値を覆されることによって初めて可能になるのだと。

それゆえ、本質的なるものに戻らなければなりませんでした。すなわち、〈あいだにあるもの〉の決定的な実在へ、存在するものを結びつける関係へ、またすでに詩人がその詩集『冲気の本』の序文で述べていた「生きるものたちのあいだから突然現れる、予期せぬものと望外のものからなるもの」へと戻らなければなりませんでした。書くというプロセスにおいて回り道をするという考えはそこに由来します。眼差しを向け、傾聴してくれる、血肉を持つ人々との実際の出会いという回り道です。真の美の開示は交差と相互浸透を通してなされると確信し、フランソワ・チェンは生身の人々の顔を求めました。その人々の顔を前にしてこそ、美の言葉はまるで抑えようもなく湧き上がることになるでしょう。このようにして、友人たち——芸術家や科学者、哲学者や精神分析学者、作家や人類学者、東洋と中国をよく知る人もそうでない人も——の形式ばらない集まりは、忘れがたい五夜の会合*において、これらの瞑想の生成に立ち会うという特権を得たのです。あるいはむしろ、この生成を分かち合って体験するという特権を得ました。それほどに、詩人は創造的なやり取りを交わす関係に身を投じたいと望んだのです。

この五つの瞑想はしたがって口承性という特徴に印づけられています。そのようなものとして読んでいただけたらと思います。瞑想はしばしば少しずつ深まりながら、螺旋を描くような思考という形で進んで行きます。そこでは、ある種の繰り返しは避けられませんが、それでも実際には詩人と対話者たちとのやり取りの新たな展開に富んでいます。これらの会合への参加者一人ひとりは、この深いかかわりの時間に、奇妙な体験をすることができました。一人の男が謙虚に、全身全霊をささげ、私たちの社会では無視され、さらには嘲笑されているような、一見〈無益〉な実在を喚起しました。けれどもその貴重な脆さの真中において、存在するものたちのあいだに、

* 作者と刊行者はイゼ・タルダン＝マスクリエとパトリック・トマティス両氏に心から感謝の意を表明いたします。両氏はこれらの会合がヨガ教師全国連合本部の立派な瞑想ホールという実に適切な場で開催されることを許可してくださいました。〔原著刊行者による注。本文中の割註および後註は訳者によるもの。〕

比類のない何かが生じ、それを一人ひとりが突然、根本的なものとして感じ取ったのです。

分かち合いから生まれたこの瞑想は、それが灯した美の輝きが存続するように、ここに、さらに多くの人々との分かち合いのために与えられました。

ジャン・ムタパ

目次

第一の瞑想

至るところにある不幸な出来事、無差別な暴力沙汰や自然の、あるいは人為的要因による大惨事が多発するこの時代において、美について語ることなど場違いで不適切、さらには挑発的でさえあるように見えるかもしれません。ひんしゅくを買うことになるかもしれません。けれどもまさにそれだからこそ、悪の対極に、現実のもう一つの端に美というものが確かにあり、私たちはそれに向き合わねばならないと分かります。私は確信しております。私たちは緊急かつ恒久的な務めとして、生ける宇宙の両極を構成するこの二つの神秘、つまり一方では悪を、他方では美を凝視しなければなりません。

悪とは何であるのか、特に人が他の人に与える悪とは何であるのかを私たちは知っています。

知性と自由とを兼ね備えるからこそ、人間が憎しみや残忍さに沈み込む時には、いわば底のない深淵を穿つことになります。これはいかなる獣、最も残忍な獣であっても、なし得ることではありません。そこには私たちの意識につきまとう一つの神秘があり、その意識に一見癒すことのできぬ傷をもたらします。美とは何であるかも私たちは知っています。しかしそのことを少し考えてみれば、私たちは必ずや驚きに打たれてしまいます。宇宙は美しくある必要はありません。けれども美しいのです。このことを確認した上で考えてみると、この世界の美は、あらゆる災禍にもかかわらず、同様に一つの謎であるように思われるのです。

私たち自身の存在に対して、美が存在するということは何を意味するのでしょうか？　そして悪を前にして、ドストエフスキーの言葉、「美は世界を救うだろう」〔『白痴』第三部、第一章より〕は何を意味するのでしょうか？　悪と美、これこそが私たちが受けて立つべき二つの挑戦です。悪と美はただ対極に位置するだけのものではないという事実を私たちは見落としていません。この二つは時に入り組み、もつれ合っています。美そのものでさえも、悪はだましや支配、あるいは死をもたらす道具に変えてしまうことができるからです。しかし善に基づいていない美があるならば、それはまだ「美しい」と言えるのでしょうか？　真の美とはそれ自体一つの善ではないのでしょうか？　直観的に私たちは知っています。真の美と偽の美とを区別することは私たちの務めの一部をなすのだと。そこに賭けられているものはまさに、人間の運命、私たちの自由の根本的な与件を含み持つある運命の真実に他なりません。
美という問題を論じ、さらには悪という問題も顧みざるを得ない、そのように私を促す、より私的な理由について、おそらくは詳しく述べる価値があるでしょう。ごく早く、まだ子供のころ、三年か四年の間に、私はこの両極を成す二つの現象によって文字通り「打ちひしがれてしまった」からです。まず美から述べます。

廬山のある江西省出身である両親に連れられて、私は毎年夏には、その地に滞在しました。この廬山はある山脈に属するものですが、高さは一五〇〇メートル近くある高峰で、一方では揚子江を、他方では鄱陽《はよう》湖を見下ろしています。

その特別な立地条件からして、この山は中国で最も美しい場所の一つとされています。したがって一五〇〇年ほども前から廬山には隠者や僧たち、詩人や画家たちが押し寄せていました。西洋人たち、特にプロテスタントの宣教師たちによって十九世紀の終わりころに見出され、廬山は彼らの保養地となりました。彼らは中央の丘陵地の周りに集まり、あちらこちらに山小屋や別荘地を建てたのです。古い遺跡と近代の住居の混在にも関わらず、廬山はその魅惑の力を発揮し続けています。周囲の山々が太古からの美しさを保っているからです。それは伝統的に神秘的と形容される美であり、中国語では「廬山の美」は「ある底知れぬ神秘」を意味するほどです。

この美を描写しようと努力するつもりはありません。廬山の美しさは先ほど触れた特別な立地条件によるものであり、それが絶えず移り変わる展望と限りない光の戯れを生み出すのだと言っておきましょう。その美はまた、山の相貌を交互に隠したり現わしたりする霧や雲の存在、密集し多彩な植生に入り混じった奇怪な岩々の存在、終日そして四季を通して途切れることのない音楽を聞かせてくれる大小さまざまな滝の存在によるものです。蛍の乱舞で熱を帯びたような夏の夜、大河と銀河との間で、山はあらゆる種類の樹木からにじみ出る香気を解き放ちます。それに酔いしれて目覚めた獣や虫たちは月光を身に浴びます。蛇は繻子のように滑らかな皮膚を繰り広げ、蛙は真珠の光沢の皮膚を広げ、鳥は鳴き声の合間に漆黒の矢を放ちます……。

しかし私の意図は描写にあるのではありません。私はただ、廬山を通して大自然がその圧倒的な存在感を尽くし、六歳か七歳の子供であった私に、隠しておいた無尽蔵の宝のように、そして特に抑えられぬ情熱のように姿を現したと言いたいのです。大自然は私に、その冒険に加わるように呼びかけているようでした。そしてその呼びかけは私の心を揺さぶり、打ちのめしたのです。ごく幼い私でしたが、この大自然はまた数多《あまた》の荒々しきものや残酷なものを秘めていることを知らないわけではありませんでした。けれども、おのれの内に響くメッセージをどうして聞かないでいることができるでしょうか。つまり、美は存在するのだと！

やはり、ほぼ原初の趣のあるその世界のただ中においてですが、このメッセージはほどなく人間の身体の美、より正確には女性の身体の美しさによって確証されることになります。山の小道で水着を着た西洋の少女たちとすれ違うことがありました。彼女たちは滝によって形作られた窪みに水浴びに行くのです。当時の水着はこの上なく慎ましいものでした。けれども夏の陽光のもとで肩と両脚がむき出しになった姿は、なんと衝撃的なものだったでしょうか！　それに、遠くの滝の音に呼応する少女たちの喜びにあふれた笑い声！　まるでそこに大自然が一つの特有の言語、自然を称えることのできる言語を見つけたかのようでした。称えること、そう、そのとおりです。人間たちは大自然が与えてくれるこの美に対して何かしなければならないのです。

私はほどなく美術という魔法のようなものを発見します。目を見開き、より注意深く、私は山に霧のかかった光景を実に見事に再創造している中国の絵画を見つめることを始めます。さらに特筆に値する発見はもう一つ別のタイプの絵画でした。伯母の一人がフランスから帰国し、ルーヴル美術館や他の美術館の複製絵画を私たちのところに持ち帰ったのです。実に肉感的かつ理想的なものとして示された女性の裸体を前にした新たなる衝撃でした。ギリシアのヴィーナスたち、ボッティチェリやティツィアーノ、そして特に私たちに近い時代ではシャセリオーやアングルのモデルたちです。アングルの《泉》は特に象徴的で、子供だった私の想像世界に入り込み、涙を誘い血を沸き立たせました。

一九三六年の終わりのことです。一年も経たずに中日戦争が勃発します。日本の侵略者たちは短期の戦いを期待していましたから、中国人の抵抗は彼らを驚かせました。数カ月後に彼らが首都を奪取すると、恐ろしい南京大虐殺が起こります。私は八歳になったばかりでした。

二、三カ月で日本軍は暴走し、三十万人もの人々を殺害するに至るのですが、それは逃げ惑う群衆への一斉射撃、サーベルで首をはねることによる大量虐殺、無実の者たちをまとめて大きな穴に突き落とし、生きたまま埋めてしまうというような、様々な残忍な形で行われました。

おぞましい他の光景も見られました。捕虜となった中国人兵士たちが支柱に立った状態で縛り付けられ、日本軍兵士たちの銃剣の練習の的となったのです。兵士たちは並んで捕虜たちと向き合います。一人ずつ順番に各兵士が列から飛び出し、わめきながら的に跳びかかり、生きている肉体に銃剣を突き立てます……。

女性たちに割り当てられた運命もまた恐ろしいものでした。個別の強姦や集団による強姦の後には、時に四肢切断や殺害が続きました。強姦を犯した兵士たちの奇癖の一つは、凌辱された女性あるいは女性たちを裸のまま横に立たせ、一緒に写真撮影をすることでした。このような写真のうちのあるものは、日本軍兵士の残虐さを告発する中国側の資料で公開されます。それ以来、八歳の子供であった私の意識の中でアングルの《泉》の理想的な美のイメージに追い重なるように、最も秘められた部分において穢され傷つけられた女性のイメージが付け加わりました。

このような歴史的事実を喚起することにより、私は決して残虐行為はたった一つの民族の特性であると申したいのではありません。その後私は中国史と世界史を学ぶ機会を持つことになります。悪とは、悪をなす能力とは、人類全体に属する普遍的事実であることを私は知っています。

ともかく、この二つの突出し極端な現象は以後私の感受性につきまといます。より後年になると、悪と美は生ける宇宙、すなわち現実世界の両極端を構成するものと理解するのが私にとって自然なこととなるでしょう。ですからそれ以来、私はこの二つの端をとらえなければならないことを知っています。一方のみを扱い他方を無視するならば、私の真実は決して有効なものとはならないでしょう。私は直観的にこう理解しています――美がなければおそらく人生は生きるに値しない。他方、ある形の悪はまさに過度に歪められた美の使用法に由来するのだと。

このような次第で今日、私の生涯においてずいぶん遅くなってしまいましたが、みなさまの前に出て、悪の存在を忘れないように努めながら美という問題を見据えるのです。実に困難であり、苦心に報いることの少ない務めであることは承知しております。価値観が混乱しているこの時代においては、からかい冷笑し、皮肉を気取って醒めた態度、あるいはこだわりのない軽妙な態度を取った方がより得策でしょう。この務めに立ち向かう勇気は、今苦しんでいる者、逝ってしまった者に対してと同じくらい、これからやって来る人たちに対してある義務を成し遂げたいという私の願望から来ているように思います。

けれども、苦悩に襲われるというほどではないにしても、気後れにとらえられていると告白しないわけにはまいりません。当然のものであるとは思うのですが、次のような質問が生ずるかもしれないことを、みなさまを前にして私は恐れているのです。「どこからあなたは話しているのか、どのような立場からあなたは出発しているのか？　いかなる正当性をあなたは引き合いに出すつもりか？」これらの質問に対しては、ごく簡単に、私は特別な資格は持っておりませんと答えます。たった一つの規則が私を導いています。生が含み持つものを何であれおろそかにはしない、決して他者の言に耳をふさいだり、自分自身で考えることを免れたりはしないということです。私がある地から、そしてある文化からやって来ていることは否定できません。その文化をより深く知っていますから、私はその最良の部分を紹介することを自分の義務としています。しかし流謫の身にあるゆえ、私はどこにも所属しない男、もしくはあらゆるところに所属する男となりました。したがって私は、ある伝統や、列挙しても限られたものになるだろう昔の人たちから伝わる、ある理想の名によって語るわけではありません。ましてや、すでに確証された形而上学や先に規定されている信仰の名において語るのでもありません。

むしろ私は、すでに理性によって突き止められ輪郭が定まっている与件だけではなく、何か隠され内包されているもの、予期されずに望外な仕方で生じるもの、恵みかつ約束として現れるものを観察し問いただす、少々素朴な現象学者だと自認します。物質の秩序においては定理を立て得るし、そうすべきであると知らないわけではありません。しかし逆に生の秩序においては、起こる現象を捉える術を学ぶべきであるということを知っています。現象が「道」、すなわち開かれた生への歩みの流れの中にあると分かるとき、その現れ方は毎回他とは異なるものとなります。いろいろ考察することに加えて、私が行わなければならない仕事はむしろ、感受することの能力を自らの中で掘り下げていくことにあります。すべてを受け入れ――老子によると「この世の谷となる」こと〔『老子』第二十八章〕です――征服しようとは思わない姿勢だけが、開かれた生の真実の部分を受け継ぐことを可能にする。私はそう確信しています。

「真実の」という言葉を発してみると、一つの問いが私の心に浮かびます。美について考察するつもりですが、それは妥当なことでしょう。だからと言って、美を創造された宇宙の中で最高位の表現として提示するのは正当なことでしょうか？　プラトンの伝統に基づくならば、イデア界において最高位を占めるべきものは真実あるいは真理ではないでしょうか？　そして、すぐ次に卓越する位は善あるいは善意に帰すべきではないでしょうか？　この問いは実に当然のことであって、実際私たちが考察する間ずっと忘れてはならないことです。美に関する考えを展開しながら、真理や善という概念との関連に応じて、その正当化を試みなければならないでしょう。

さしあたって、こう述べることから始めてみましょう。すなわち、真実あるいは真理は根本的なものであり、私たちにとってそれは自明なことと思えるということです。生ける宇宙はここにあるのですから、その実在が全面的に機能するためにはある真理がなければなりません。善あるいは善意に関して、私たちはやはりその必要性を理解しています。この生ける宇宙の存在がずっと続いていくためには、最小限の善意がなければなりません。さもなければ、みなが最後の一人まで殺し合い、すべてが無駄になってしまうからです。それならば美はどうでしょうか？　その必要性は見たところまったく明白ではありませんが、美は実在します。遍在するものとして、執拗に感覚に訴えるものとして、それはあります。けれども、必ずしも必要ではないものという印象を与えながら実在しています。それこそが美の神秘、私たちの目には最大の神秘なのです。

真実であるだけの宇宙、いかなる美の観念もかすめに来ることさえない宇宙を想像することができるでしょう。それはただ単に機能的であり、未分化で一様な要素が広がり、まったく交換可能なものとして動いているような宇宙です。そうなると、私たちは生の秩序ではなく、ロボットの秩序に立ち会うことになってしまいます。実際に二十世紀の強制収容所は、私たちにそのような〈秩序〉の化け物じみたイメージを提示しました。

生があるためには諸要素の分化がなければなりません。この分化が進化し複雑化しながら、結果として各々の存在の特異性を生じさせました。これは生の規則にかなうものであり、その規則はまさに各存在が固有の有機的統一性を形成し、同時に成長し変化する可能性を持つことをもたらすような規則なのです。このようにして巨大な生の冒険はそれぞれの草や花、私たち各人、つまり唯一でかけがえのないそれぞれの存在に到達しました。この事実はあまりにも明白なことであり、私たちはもう驚きはしません。けれども個人的には、私はずっと以前から変わらず、驚きを感じる者です。齢《よわい》を重ねても迷いから覚めたと感じるには程遠く、私はまだ驚きます。それに驚き続けることをとてもうれしく思うと言いたいのです。存在するものすべての、したがってそれぞれの存在の単一性は、未曽有の恵みを表していると知っているからです。

気まぐれな思いつきで、そのことを少し違った風に想像してみることがあります。つまり、諸要素の分化が大きなカテゴリーで実現したかもしれないと思い描いてみるのです。例えば花というカテゴリーがあるけれども、あらゆる花がみな同じであると想像してみます。あるいは、鳥というカテゴリーでは鳥たちがみな同一であったら、男というカテゴリー、女というカテゴリー等があったならばと。

けれども違います。この花があり、あの鳥があり、この男性、あの女性がいます。物質の秩序の中で、機能というレヴェルにおいては定理を立てることができますが、生の秩序の中では、どのような個体も常に唯一です。個々のものが唯一であるのは他のすべてのものもそれぞれが唯一のものであるからだと、ここで言い添えなければなりません。もし私がただ一人唯一の存在であり他のすべての者が同一であるならば、私は単なる奇妙な見本であり、博物館のショーケースの中に陳列しておけばよいということになるでしょう。各人の単一性は他の者に応じて成立し、特徴を表し明らかになり、最終的には他者の単一性に対して、他者の単一性のおかげで、初めて意味を持つことになるでしょう。この点にこそ、開かれた生の条件そのものがあります。この条件においてこそ、各人の単一性は致命的なナルシシズムに閉じこもる恐れがなくなります。真の単一性はみな他者の単一性を懇願し、他者の単一性だけを切望するものです。

単一なるものであるという事実は空間においても時間においても確認できます。空間において、存在するものはその単一性によって認められ、区別化されます。時間においても、それぞれの出来事、各人が得たそれぞれの体験は同様に単一性のしるしによって特徴づけられています。この唯一の瞬間という考えは、それが幸福をもたらし美しいものであるときには、私たちの内に限りない哀惜が付随する、胸を刺すような感情を引き起こします。瞬間の単一性は、死すべきものであるという私たちの条件に結びついている――この自明の理を私たちは認めざるを得ません。瞬間の単一性は私たちに、この人としての条件を絶えず想起させます。それだからこそ、美は私たちにとってほとんど常に悲劇的なものに見えるのです。美は総じてはかないものであるという意識に、私たちはつきまとわれているからです。これはまた私たちにとって、あらゆる美はまさに瞬間の単一性に固く結びついているのだと、今からすでに強調するための機会となります。本当の美はその不変性の中に永遠に凝固している状態ではありえないでしょう。その生起、その現れは、常に唯一の瞬間を構成するものです。それが美の存在様式です。それぞれの存在は唯一のものであり、それが現前する一瞬一瞬も唯一のものですから、その美はいわば美に向けての瞬時の跳躍、絶えず更新され、毎回新しい跳躍の中にあります。

私が見るところ、まさに美の可能性は単一性と共に始まるのです。存在するものはもうロボットの中の一つのロボットではなく、他の数多《あまた》の形態の中に埋もれた単なる一つの形態ではありません。単一性はそれぞれの存在を現前に変えます。現前は一輪の花や一本の樹にならい、時間の中において、その輝きの絶頂へと向かいます。それが美の定義そのものです。

現前として、それぞれの存在には潜在的に美への能力、そして特に〈美への欲望〉が宿っています。一見したところ、宇宙は様々な形態が寄り集まっただけのように見えます。実際には宇宙は一連の現前に満たされているのです。各々の現前は他のなにものにも還元することはできず、一つの超越性として現れているのではないでしょうか。さらに固有のものとして人間の顔については、私はアンリ・マルディネ〔フランスの哲学者（1912-2013）〕の次のような考えが好きで、同意するものです。「各人の顔から、所有することのできぬ超越性が輝き出て、私たちを包み、私たちを貫く。この超越性は各人の生理学的な表情の超越性ではなく、それぞれの顔における存在の質に由来する超越性、その形而上学的な次元である。それは各人の内において自らに問いかけ自省する実在の超越性であり、この自問そのものにおいて、〈開かれたもの〉への感嘆を表す次元である」。

「わたし」そして「あなた」と言う可能性が生まれ、言語の可能性、そしておそらく愛の可能性が生まれるのもこの実在からです。

けれども美というテーマに限るならば、各人の現前の内部で、そして現前から現前へと、交差と循環の複雑な回路が打ち立てられることが確認できます。この回路のただ中に、まさに各人が感じる欲望、世界でのおのれの現前の絶頂へと向かう欲望が位置しています。各人の意識が高まれば高まるほど、彼におけるこの欲望は複雑化し、対自的欲望、他者への欲望、変容という意味での変化への欲望などの形を取ります。さらにはより密かな、もしくは神秘主義的な様態では、別のある欲望も潜んでいます。つまり宇宙そのものを生み出したように見える始原の「欲望」につながりたいという欲望です。この宇宙はその総体において、顕《あら》わであろうと隠されていようと、ある光輝に満ちた現前のように見えるからです。この視点においては、私が先ほど言及した各存在の超越性は、その存在を高め乗り越えるある関係の中に現れ、その関係の中においてしか存続しえないでしょう。真の超越性は、逆説的にですが〈あいだ〉の中に位置するものです。存在するものたちと大文字の「存在」とのあいだに決定的な交流が起きるときに、さらに高きところよりほとばしるものの中に位置するのです。

第二の瞑想

私は前回の瞑想の際に、各存在の単一性がその存在を現前に変えることによって美を可能にしたと申しました。それでももう一度、この胸が痛むような問いかけをしないわけにはまいりません。「宇宙は美しくなければならないわけではない。けれども美しい。これは私たちにとって何かを意味するのだろうか？　美は単に余分で不必要なもの、ただ飾りとしての付け足し、一種の『ケーキの上のサクランボ』のようなものだろうか？　それとも、美はより始原的な土壌に根付き、なんらかのより存在論的性質の志向性に従っているのだろうか？」

宇宙がその壮麗さによって私たちの胸を打ち、大自然が根本的に美しいものであると分かることは、みなが共有する経験によって確認された事実です。また、人間の顔の美しさも忘れないようにしましょう。例えば、ルネサンスの画家たちによって称えられた女性の顔、ある種のイコンによって定着した男の顔などです。大自然だけに限ってみても、私たちがみな感じる美の感覚を織りなす諸要素のうちのいくつかを抽出するのは、難しいことではありません。

夜の藍色の中の星空の光輝
世界の至るところで見られる曙《あけぼの》と日没の壮麗さ
岩がむき出しの隘路を通り抜け、肥沃な平原を養う大河の威厳
頂に雪を冠し高く屹立する山、その緑燃える斜面と花が咲き乱れる谷
砂漠の中心に花開いたオアシス
野原の真ん中に立つ一本の糸杉
サバンナを優美に駆け抜ける羚羊たちの姿
湖上の雁の群れの飛翔。

このような光景はみなよく知られているので、ほとんど常套句のようになっています。そのため、驚き感嘆する私たちの力は鈍くなっていますが、それぞれの光景は毎回唯一のものであり、

本来ならば宇宙をまるで初めてのように見る、世界の夜明けに立ち会うかのように見る、そんな機会を私たちに与えてくれるはずです。

ここですでに、ある問いが私たちに投げかけられます。私たちが認めるこの自然の美は形成された宇宙に初めからあった内在的な性質なのでしょうか、それとも偶然や不測の事態に起因するものなのでしょうか？　これは当然な問いです。なにしろある学説によると、生命は単に様々な化学成分が偶然に結びついたことで生じたかもしれないということですから。そうすると、何かが動き始め、気がつくと物質が命あるものになったというわけです。ある人々は好んでこの生命を付帯現象のように表現します。さらにはよりイメージ豊かにするために、ある惑星の表面に生じたカビのように描写したりしますが、その惑星もまた諸銀河の大洋の真ん中にある一つの砂粒のように孤立しているのです。しかしながら、このカビが動き始め、複雑なものに変化しながら、想像力や精神を生み出すに至ります。また、動き出すだけでは満足せず、遺伝の法則を打ち立て、生存し続けることに成功します。さらには、移り広がるだけでは満足せず、なんと美しくなることまで思いついたのです。

カビが動き始め進化するなどということには驚きますが、遺伝しながら永らえるのに成功するなどというのは、さらに驚くべきことです。ましてや、そうせざるを得ないかのようにカビが美を志向するとなると仰天してしまいます！　つまり偶然に、ある日〔フランス語では「ある美しい（晴れた）日に」という言い回しが「ある日」という熟語になっている」物質は美しくなったというわけです。それとも、そもそも初めから、物質は潜在的性質として美の兆し、美しくなる能力を抱え持っていたのでしょうか？

　物質が偶然に美しくなったとする「シニカルな」主張と、もう一方の、より「霊感を与える」主張のどちらが正しいのか決着をつけようとしても徒労に終わるでしょう。私たちにとって大事なことは、現実なるものに、現実のすべてに忠実であることです。また、私たちに呼びかけ、心静かなままにさせぬ事実をみな受け入れるに充分なほど、謙虚になるということです。

　美に関して申しますと、客観的に見て次のように指摘することができます。実のところ、聖なるもの、神々しいものに対する私たちの感覚は、真なるものがあること、つまり進展しつつ、その働きを確かなものとしてゆく何かの存在をただ確認することから生じているのではない。それ以上に、美しきものがある、つまり不可思議な光輝によって心を打ち、目を奪い魅了する何かがある、それを認めることに由来するのだと。宇宙はもはや最初からあるものとして姿を見せているのではありません。感謝し称えることへと誘う、ある恵みであることが分かるのです。ソルボンヌ大学名誉教授のアラン・ミシェルはその著作『ことばと美』の中でこう主張しています——「古代ギリシアのあらゆる哲学者が信じていたように、聖なるものは美に結びついている」。すべての偉大なる宗教的テクストが志向するところは一致しています。そのようなテクストをいちいち参照する必要はありません。私たち自身それを観察することができるのです。万年雪の冠を頂いた、とても高い山――カントが崇高な実体のうちに分類したものです――があるとします。周りに生きる者たちに聖なる崇敬の気持ちを抱かせるのは、その存在そのものではないでしょうか。「神のように崇高だ！」と叫ぶのは、私たちがこの上なく驚嘆した瞬間、法悦に近い瞬間ではないでしょうか？

私の考えをもっと先に進めるならば、私たちがどこに向かっているのかという感覚、意味を持つ宇宙という感覚、それもまた美から来ているのだと言いたいのです。それはまさに感覚能力を備え、感覚でとらえ得る要素でできたこの宇宙が常に的確な方位決定をする、つまり花や樹木のように、おのれの内に抱える存在を輝かせるという欲望が実現するような方向に進み、ついには世界におけるその現前の絶頂をしるすまでになるからです。このプロセスの内には、フランス語で sens という単語の三つの語義、すなわち感覚、方向、意味を見出すことができます。

人間は美とかかわりを持つというだけでは足りません。その様々な悲劇的状況の真中で、人は実際に美の中に意味と喜びを汲むのです。後の方で芸術創造の問題に取りかかるにつれて、私たちは美学のいくつかの偉大な伝統に基づき、美を評価し判断するために、ある価値基準を引き出すことを試みるでしょう。今のところは、こう示唆するだけで充分です。私の念頭にある美はただ外的な特徴の組み合わせ、外見にとどまるものではないと。外見だけならば例えば、可憐な、感じの良い、色鮮やかな、きらびやかな、豪華な、優雅な、よく調和した、すらりと均斉のとれた等の一そろいの形容詞群によってとらえることができます。

形の上での美はもちろん存在しますが、それだけで美の実在性すべてを包含することは到底できません。美とは「存在」に固有に属するものであり、「存在」は美への抑えがたい欲望に駆り立てられています。真の美は単に、すでに美として与えられている何かにあるのではありません。それはほぼ第一に欲望の中に、そして飛躍の中にあります。美は一つの生起であり、精神もしくは魂の次元が不可欠なのです。したがって美は生の原理に統御されています。ですから、あらゆる可能な基準の上にあって、ただ一つの基準がその真正さを保証します。つまり、真の美は道《タオ》の方向に進むものです。その〈道〉とは開かれた生に向かう抗しがたい歩み、言い換えれば、約束の成就をすべて可能な状態に保つ一つの生の原理に他ならないからです。この生の原理に拠る基準――だからといって私は死という問題を忘れているわけではなく、後で私たちはその問題に取り組みますが――は欺くための、あるいは支配するための道具としての美の利用すべてを排除します。美をこのように利用することは醜そのものであり、必ず破壊への道を開くものです。そうです、あるものの本質とその利用の仕方を混同することは常に避けねばなりません。これはまさに美に関して当てはまることなのです！

私の意図をより明確にするために、さらにこう付け加えておきましょう。美とは潜在的に悠久の昔からある何かであり、存在するものたち、あるいは「存在」の内から湧き出してくるある欲望です。それは名もなく孤絶した形ではなく、涸れることのない泉のように輝かしく、統合する現前として姿をあらわし、これに対する者を同意させ、互いに響きあい、変容するように促します。

「持つ」ことではなく「在る」ことに属するゆえ、真の美は手段や道具として定義することはできません。本質的に美は存在のあり方、実存の状態なのです。そのシンボルの一つ、薔薇を通して美を観察してみましょう。そうすると「薔薇水風の」〔フランス語の熟語で「甘ったるい」を意味する〕話になる恐れもありますが、その危険を冒してみましょう。いかなる習慣と変形の道を通って、薔薇はこの少し平凡で少し甘ったるいイメージとなったのでしょうか？　実際には宇宙が何十億年もの歳月をかけて進化し、この調和と整合と決意に満ちた奇跡的な実体を生むに至ったのですが……一度じっくりとこの薔薇に向き合うことを受け入れてみましょう。シロンスク〔ポーランド南西部を主とする地方、英語名シレジア〕出身で十七世紀の詩人であり、マイスター・エックハルト〔1260-1327〕やヤコブ・ベーメ〔1575-1624〕のようなライン・フランドル系の神秘思想家に結び付けられているアンゲルス・シレジウス〔1624-1677〕のこの二行詩〔『ケルビムのような巡礼者』より〕を先ず思い出してみましょう。

　　薔薇はなぜという理由もなく、ただ咲いているから咲いている。

おのれを気にすることもなく、誰かに見てもらいたいという欲念もなく。

よく知られた、素晴らしい詩句です。これを前にするともう頭《こうべ》をたれるしかありません。実際に薔薇には咲いている理由などありません。すべての生けるものたちのように、私たちみなのように。しかしながら、一人の無邪気な観察者が何か言い足そうと思うならば、こんなことが言えるかもしれません。その唯一性において十全に一輪の薔薇であり、他のなにものでもないということ、それだけで充分な存在理由になるのだと。薔薇が薔薇であるためには、自らが秘めている生のエネルギーすべてを起動しなければなりません。地面から顔を出すやいなや、その茎は揺らぐことのない意志によって動かされるように、ある方向へ伸びていきます。茎を通して力線が定まり、それはつぼみへと結晶します。このつぼみからまもなく、いくつもの葉が、そして花びらが形作られて広がり、ほどよく反ってくねりながら、しかじかの色合いと香りを選びます。そうなるともう、それが固有な姿に到達することを妨げることはなにものにもできません。地面だけではなく、風からも、露からも、陽光からも来る滋養を摂り入れながら、自己実現をしたいという欲望を達成するのを妨げることはできないでしょう。これはみな自己の存在の充溢に向けて、萌芽の時すでに、実に遥かなる始まりの時すでに、悠久の彼方から定められていた充溢を目指してのことだ――こう言ってもよいでしょう。

そしてついにこの薔薇があるのです。その存在の極まりの中に姿をあらわし、おのれが切望するもの、つまり限りのない純然たる空間に向けて、薔薇は律動する波を送り続けます。このように抑えがたく空間へ身を開くことは、水底から休みなく湧き上がる泉にも似ています。それは与えられた運命の時間、生き続けたいと望む限りにおいて、薔薇はまた土深く埋もれた根にも依拠しなければならないからです。その時、地面と大気のあいだ、大地と空とのあいだで、ある往還が起こります。花びらの形そのものが実に特有のものであり、自らの内側に向けて曲がりながら、外側にも反って捧げものをするような仕草となる形は、この往還を象徴しています。ジャック・ド・ブルボン・ビュッセ〔フランスの作家(1912-2001)〕が「花肉の輝き、精神の影」という見事な表現で要約していることです。肉を統御する生の原理を精神が支えることができるように、確かに花肉は輝きの内にあり、精神は影にあることが望ましいのです。花びらが落ち、滋養を与える腐植土に交じってしまった後でも、目には見えない香りは花びらの精髄の発露のように、あるいはその変容のしるしのように、長く残るでしょう。

「捧げものをするような仕草となる形」で、と先ほど申しました。けれども詩人自身はこう書いています――「おのれを気にすることもなく、誰かに見てもらいたいという欲念もなく」。確かに、薔薇が咲いている理由はただ薔薇であるからということですから、その存在の絶頂《プレニチュード》の瞬間は「存在」そのものの完全性《プレニチュード》と一致します。換言すれば、美への欲望は美に吸収されるということです。美はもはや自らを正当化する必要はありません。もし私たちが相変わらず、「見られる」とか「見られていない」という言い方で思考することにこだわるならば、その輝きが宇宙の光輝そのものに響き、同調するような薔薇の美しさを受け止めることのできるものは——人間の眼差しの〈教育〉において美が演ずる役割は別にして——結局のところ神の眼差しだけだと言っておきましょう。今、私は殊にそれを「受け止める《アクイール》」と申しました。それを「摘む《クイール》」というのではありません。

sens（サンス）という単語の三つの語義について言ったことがここで思い浮かびます。確かにこの単音節の語は薔薇がとるような「存在」に本質的な三つの状態——感覚、方向、意味——を内に押し込めている、あるいは凝縮しているように思えます。ことわっておきますが、「意味」といっても、必ずしも何かを目指しての意図的な行為を意味しているわけではありません。なにかを目指してということがもしあるならば、それは喜びです。ですから「存在」を充分に享受することができるのは、そのすべてのsensを享受して初めて可能となるのです。そこには世界における〈生のしるし〉としての自分自身の現前というあの本能的な認識も含まれます。それは人がおのれの内に抱くすべての可能態と潜在資質を含むしるしです。

感覚は知覚神経のレヴェルに限定されるものではなく、美とはまさにあらゆる存在が向かって行くあの可能性と潜在性のことです。ここで、またほぼ必然的に、フランス語のsensから、意味合いがより豊かなものではないとしても、少なくともそれに相当する漢字「意」の方へと移行することにしましょう。

その根本において、表意文字の「意」は存在するものの深みから来るもの、躍動、欲望、意向、性向を指します。これらの意味の総体は、おおよそ〈志向性〉という観念にまとめることができます。この文字を他の文字と組み合わせると、多様ではあっても互いに有機的なつながりを持つ一連の熟語が生まれます。それらをざっと二つのカテゴリーに整理することができます。まず精神の領域に属するもの——意念、意識、意図、意志、意向、意義。次に魂の領域にあるもの——意趣、意味〔これは中国語では興趣という意での「味わい」を意味する〕、意望、情意、意欲、意劫〔心の躍動〕があります。そして最後に、これらすべての上に張り出して、意境（精神の高次の状態、魂の至上の次元）という表現があります。

この最後の概念、〈意境〉は強調するに値します。中国においてそれは詩作品や絵画の価値を判断する最も重要な基準となりました。この概念にはまた後で戻りますが、定義からして精神にも魂にも関係があることが分かります。作品を創造した芸術家の精神と魂はもちろん、同様に生ける宇宙の精神と魂のことです。それは作られる宇宙、創造される宇宙であり、造物（創造）、さらには造物者（創造者）という言葉が示すものです。一般的に、中国思想は聖書におけるような意味での「創造」という観念は持たなかったとよく言われます。この思想は確かに人格神という考えに取りつかれることはありませんでした。けれども逆に起源と生成という点に関しては際立った感覚を持っていて、例えばこの老子の主張はそれを証《あか》しています――「有は無より生ずる」〔『老子』第四十章〕、「始原の道《タオ》は一を生み、一は二を生み、二は三を生み、三は万物を生む」〔同書第四十二章〕。これはみな確かにデミウルゴス〔プラトン哲学における造物神〕の概念に近いものですが、より複雑で繊細な内容を持っています。

紀元前四世紀の荘子、道教の父祖の一人で、二度にわたってこの「造物者」（創造者）という語を用いた荘子以来、歴史の流れの中で様々な思想家や詩人たち――例えば、柳宗元〔文人（773-819）〕、蘇軾〔文人（1036-1101）〕、李清照〔女流詩人（1084-?）〕、朱熹〔儒学者で尊称は朱子（1130-1200）〕、鄭燮《ていしょう》〔文人（1693-1765）〕――が〈造物有意〉（「創造者」もしくは「創造」は願望や意図を備えているの意）という観念を発展させてきました。このようにして、十八世紀の偉大な理論家、布顔図〔生没年未詳〕は簡潔にこう主張することができました。「〈意〉の使い道は確かに広大である。〈意〉は天も地もつかさどった」。私がこのような考えを呼び起こすのは、中国思想の観点から言うと、創造された作品は個人のものであろうと、作られたものとしての生ける宇宙であろうと、確かに形相から発するのですが、同時に〈意〉から生ずるものでもあると言いたいからです。個々の作品において〈意〉がその最も高い段階に達し、宇宙の〈意〉と調和し共鳴するに至って初めて、その作品は満ち足りた美という価値を獲得します。そうなると、件の〈意境〉は「精神の高次な状態、魂の高い次元」という意味に加えて、「調和、協調、交感」を表すようになるのです。

ゆえに中国人にとって、あるものの美とはその〈意〉の中に、ものを動かす目には見えぬこの本質の中にあるのです。ものの無限の味わいとなり、香りと共鳴を生み出してやまないのはこの〈意〉です。魂が不滅で存在感が持続する人のことを語るとき、「流芳百世」という表現を用いますが、「その残り香は不滅である」という意味です。身体と魂が結ばれるところにある香りは、ここでは魂そのものの表徴となります。したがって薔薇の話に戻るならば、香りによってこそ薔薇はその存在の無限に到達するのです。香りはもはや薔薇のアクセサリーではなく、その本質です。その香りがあるからこそ、薔薇は〈道〉の持続、不可視の次元で作用する〈道〉の持続に通じることができるからです。

他方、中国人の想像力は、香りと共鳴を不可視なるものの典型的な二つの属性として理解します。二つともすでに述べたように律動的な波として生じるからです。香りと共鳴は例えば「鳥語花香」という表現の中で結びつき、牧歌的な光景を喚起します。「香《こう》のかおりと銅鑼《どら》の音」という表現では、宗教的な雰囲気や精神的な状態を表します。けれども特に、この二つの属性が組み合わされると、ただ一つの表意文字の「馨」が形成されますが、これはまさに「遠くにまで広がる香り、不滅の香り」を意味するものです。

この表意文字は二つの部分から成り、上の部分には殸、つまり音の出る石〔への字形で、つるして打ち鳴らす〕を表す記号、下の部分には香という記号があります。紀元前二世紀、漢の初期、道教の概論『淮南《えなん》子《じ》』の「感応」（響き）の章で述べられていますが、大昔に一人の神が音の出る石をたたくと響く音が出て、それは近くからだんだん遥か遠くまで広がってゆき、決して消えることはなかったそうです。この表意文字全体がはっきり述べていることは、香りとはすぐに消え去る匂い以上のものであり、永続する歌であるということです。

西欧のほぼすべての詩人は花を称え、そのうち多くの者は薔薇を歌っています。私はロンサール〔フランスの詩人（1524-1585）〕、マルスリーヌ・デボルド＝ヴァルモール〔フランスの女流詩人（1786-1859）〕、そして特にリルケ〔ドイツ語詩人（1875-1926）〕の言葉を引用することができたでしょう。けれどもここではクローデル〔フランスの劇作家・詩人（1868-1955）〕の言葉を聞いてみましょう。その死後五十周年を機会に、ちょうど彼の作品を読んでいる最中であるという単純な理由によります。まず初めに次の一節を読んでみましょう。ちょうど私たちが先ほど、薔薇の成長しようとする抑えがたい欲望を叙述することによってそうしたように、「創造」の土壌の闇から伸び上がろうとする生けるものたちを、道《タオ》、つまり〈開かれた生の道〉に照らして、詩人が語っている箇所です。『東方の認識』の中で、彼はこう述べています。

道《タオ》とは何か？（……）すべての形あるものの下にあり、形なきもの、目がなくとも見るもの、知ることなく導くもの、至上の知である無知。抽出されたこの液、万物の密かな味わい、この〈原因〉の風味、真正さのおののき、〈源〉について教えるこの乳を「母」と呼ぶのは間違いなのだろうか？　ああ、われわれは自然の真中において、死せる雌豚の乳を吸う一腹の猪の子供たちのようなものだ！　目を閉じて創造の源そのものに口をつけよ――これ以外の何を老子はわれわれに語っているだろうか(一)？

今度は「薔薇賛歌」のこの一節を聞いてみましょう。「薔薇……薔薇とは何であろうか？　お お薔薇よ！　なんたること！　神々さえも生かすこの匂いをかぐとき、われわれが到達するのは、存続することのないこの小さな花心だけであろうか？　指の先でつかむや否や、花心は散って溶けてしまう。千回も締め付けられ、折りたたまれ、まさに自らに口づけするかのように花肉が崩れ落ちるように。ああ、あなたに言っておくが、これは決して薔薇のすべてではない！　永遠であるのは一度かいだその匂いだ！　いや、ただ一輪の薔薇の香りのことではない！　それは神がその夏にしたもうたことすべての香りだ！　いかなる薔薇のことでもなく、えもいわれぬ状況でのこの完璧なことば、その中でついにすべてのものが一刹那、この至高の時に生まれた！　おお、闇の中の天国よ！　これはわれわれにとって、幾重かの破れやすいヴェールの下に開く実在、そして魂にとって神がなされたすべてのことの深い喜び！　滅ぶべき存在にとって、発散するにこれほど致命的なものがあるだろうか？　この永遠の精髄《エキス》、そして一瞬のあいだ、尽きることのない薔薇の匂いほどには。あるものが死ねば死ぬほど、それは自らの極みにまで到達し、自らが口にできぬあのことばから、おのれを引き寄せるあの秘密から消えてゆく！　ああ、一年《ひととせ》の真中で、この永遠の瞬間はなんと脆いことか、しかも極限にありながら保留されていることか！」〔『三声によるカンタータ』より〕

　クローデルは薔薇を時間という文脈、より正確には永遠の瞬間の中に位置づけています。儚いものでありながら、同時に「尽きることのない」薔薇の匂いを彼は強調するのです。詩人はおそらく、芳香の効能についての科学的な説明を知らないわけではありません。しかしこのような精髄《エキス》が存在し得ることに驚嘆しているのです。この精髄は薔薇の目には見えぬ部分、その高次の部分、いわば魂の部分として感受されています。芳香は形によっても、限りある空間によっても制限されません。言うなれば芳香は薔薇が変貌し、無限の領域で波や歌となったものなのです。

　こう言いながら私がごく自然に思い浮かべるのは、ボードレールのこの句です。「幸せなるかな、生の上に飛翔し、花々や無言なるものの言葉を苦も無く理解する者たちは」〔『悪の華』所収「高翔」より〕。この芳香は実際、それを受け止める、もしくはそれを理解する人にとっては、言語《ごんご》に絶する恍惚感を引き起こすものです。香りはそれを受容する人の記憶に、空気よりも軽やかで純化され、持続し続けるなにかのように残ります。花びらがしおれて地に落ちてしまっても、芳香はそこに、記憶の中に漂い、この花びらは腐植土に入り混じってしまっても再び他の薔薇の姿でよみがえるだろうと思い起こさせます。見えるものから見えないものへ、また見えぬものから見えるものへ、生の秩序は普遍的な変貌の道によって続いていくと教えてくれます。

薔薇を永遠の瞬間の受肉として提示するクローデルの考えをたどりながら、私はそれを押し広げ、美が一般に時間との間に、さらには暗黙のうちに死との間に保っている関係という問題、これに取り組んでみたいと思います。まず、生の秩序と対立するものは自然なる死ではないと言っておきましょう。自然なる死とはまさに自然な現象として生の一部をなしています。生が成長と更新を含み持つ生であるために、死は必要なものとは言えないにしても、不可避な構成要素であるはずです。また時間の進展においては、すでに述べたように、それぞれの瞬間、そしてすべての瞬間を唯一のものとするのは死という展望です。死が生の単一性に寄与するのです。悪があるとすれば、それは異常な、悲劇的な場合において、そして道に外れ堕落した死の利用の仕方にあるのです。この後者のケースは特に生の秩序の外に位置づけられます。それは生そのものの秩序を破壊しかねないからです。

要するに二種類の死を区別することが好ましいのです。そもそも道教の始祖、老子はそうしました。この〈道〉——生の秩序の前進——の思想家は、ある謎めいた一文でこう主張しています。「亡《ほろ》ぶことなく死ぬ、それが長く生きるということだ」（二）。この「死」という文字、そして「亡」という文字は共に、通常の言葉遣いにおいては「生存することの停止」を意味します。老子の観点から言うと、「死」は「道に戻る」という意味になります。

「長く生きる」とはどういうことでしょうか？　人間の精神が永遠を夢見るということは否定できません。人はもちろん永遠の美に憧れますが、永遠の不幸は当然望みません。けれども、いかなる美も脆く、したがって儚いものであることを知っています。そこには矛盾がないでしょうか？　それに対する答えはおそらく、永遠をどうとらえるのかによって違ってきます。永遠とは同一なるものの単調な繰り返しでしょうか？　その場合、それはもう真の美に関わるものでも、真の生に関わるものでもありません。つまり、繰り返しておきますが、真の美とは「存在」の美に向けての躍動であり、その躍動の更新です。真の生とは「存在」の生に向けての躍動、またその躍動の更新なのです。正しい永遠とは、生がその忘我の力の全開に向けてほとばしる突出した瞬間だけでしか成立しないのではないでしょうか。

もしそれが本当ならば、私たちはほんのひとかけら、この永遠のひとかけらなら知っているような気がします。それは、私たちが人間として生きていく持続時間が同じ実質でできているからです。その持続は同様に、生が〈開かれたもの〉に向けてほとばしる突出した瞬間からできているのではないでしょうか？　その場合、私たちはすでに永遠の一部を成している、私たちは永遠の中にいるのです！　このヴィジョンはあまりにも天使のように純真でありすぎるとする人たちも、あるいはいるでしょうか？　それならば、これは純真なる魂の持ち主に取っておきましょう！

　さしあたり私たちにとって重要なもの、それは人間としての持続です。〈時間〉という語の代わりに意図的に〈持続〉という用語を使うことにします。〈時間〉が機械的な時の流れ、抗しがたい一連の損失や忘却を呼び起こすのに対して、〈持続〉は質的な連続性を暗示するもので、そこでは体験したり夢見たりしたことが一つの有機的な現在を形作っています。この〈持続〉という用語は、もちろんベルクソン〔フランスの哲学者（1859-1941）〕から拝借したものです。極端に単純化し、歪曲してしまうことになるかもしれませんが、この哲学者の思想を次のように要約してみましょう。

　外部において私たち一人ひとりは時間の流れの暴政をこうむりますが、各人の内奥の意識においては、記憶のおかげで、実体験や頭の中で思い描いたもの、また同様に各人の知識の一部を成すものは、こう言ってよければ時間や空間の裂け目、間隙、分断を超越する有機的な持続を形成しています。この持続の構成要素は時間の順番をものともせずに常に現在へと向かう、ある〈同時間性〉の中にとどまります。実際に、常に過去や未来へと向けて開かれている現在です。それは単に音符を付け加えることによって作られるのではなく、それぞれの音符が先行する音符から流れ出て、続く音符を色づけるメロディーに似ています。持続はそれ自身の内部においても作用します。切れ目のないプロセスによって、各構成要素は他の要素によってしるしづけられながらも、同時に他の要素におのれの痕跡を残します。

美というテーマに戻るならば、ある意識に宿る持続において美は美を引き寄せると言うことができます。それは、一つの美の経験は以前に出会った別の美の経験を呼び起こし、また同時に来るべき別の美の経験をも呼ぶという意味においてです。美の経験が鮮烈であればあるほど、束の間のことだというその悲痛な特質は、その経験をまた新たなものにしたいという欲望を生みます。しかし経験はみな唯一のものですから、必然的に他の形でということになります。言い換えるならば、件の意識においてノスタルジーと希望が入り混じっているゆえに、一つひとつの美の経験は失われた楽園を思い出させ、約束された楽園を呼ぶのです。

ジョン・キーツ〔イギリスの詩人（1795-1821）〕の詩句 A thing of beauty is a joy for ever[三]（「美しきものはみな永遠《とわ》の喜び」）はおそらくこのように理解すべきです。美は始原から守られている約束であると心得るならば、それは永続的な恵みでありうるという意識を私たちは持つからです。だからこそ美への欲望はもはや、美しきものには限定されません。それは宇宙の出現や生の冒険をつかさどった、美への始原の欲望に結びつくことを切望します。一つひとつの美の経験は時間の尺度ではいかに束の間のことであれ、時間を超越し、そのたびごとに私たちに世界の夜明けのみずみずしさを再現してくれるのです。

第三の瞑想

前回まではまず「自然」に由来する美を語ってきました。人間に関する美を私は意図的に扱いませんでした。人間が「自然」の一部を成さないというわけでありませんが、人においてこの問題は極めて複雑な形で現れてくるからです。ごく図式的になりますが、こう言っておきましょう。この複雑さは何よりもまず、人間という存在が様々な層から構成されていること、さらには、ある程度の知性や自由を享受しているので、人間は不自然で倒錯したやり方で美を利用することができる――このような事実から生じているように私には思えるのです。おのれが死すべきものであると知るゆえ、急がねばという思いに駆られ、直《じか》に遂げられる本能をいかなる方策によってでも満たそうとする獰猛な獣に、人はよく成り下がってしまいます。

人間という存在を形作る様々な層のうち、少なくとも二つの層、すなわち物質的なものと心に関わるものが万人によって認められています。後者は精神《エスプリ》によって統御されていて、無意識と意識の部分、想像する力を持つ部分と理性を駆使する部分、心理的なものと「霊的」と形容したいものの部分を含みます。この最後の部分である霊的なものは、おそらく最も論争の的になります。この部分はそれ自体で一つの層と見なし得るからです。これに関しては、「魂」について語りたくなります。人間というものの組成にはあまりに多くの要素と干渉が入り込むので、美についての私たちの考えは極めて混乱しています。ですから、偽の美から真の美を見分ける試みも、真の価値を引き出せる基準を公式化する試みも、まったく容易なことではありません。

私たちがすでに言い表すことのできた考えを集約してみましょう――私たちが考えている美とは「存在」に属し、美への跳躍、その現前の極まりに向けての跳躍として「存在」の内側から、開かれた生の方向へとほとばしり出る美です。だから私たちは断固として、あらゆる外観の美を超えるところに身を置くものです。見せかけの美は外面的な描線の組み合わせだけによるものであるか、ことごとく技巧から作られたものであり、人を丸め込み欺くか、支配するための道具として使用できる美です。この所有の管轄にある〈美〉が消費に専心した社会において遍在しているのは事実です。そのような存在はそれ自体根拠があるのですが、有害な使われ方によって美が歪められています。結局のところ、人為的で交換価値あるいは人心を得る道具と堕した美は、最終的に美の存在理由であるべき交感と愛の状態には決して到達しないと言えます。逆にそのような美は常に偽装と破壊、そして死の戯れを意味します。美を蝕む魂の醜さは、美しいままである可能性、開かれた生の方向に入る可能性をすべて美から奪ってしまいます。

ここで、ある批判の声が聞こえてきます。批判的ではありますが、実に必要かつ建設的な声です。その声は私の立場と論の進め方をいっそう明確にするように要請するものです。それはだいたいのところ、私にこう言っています――「あなたは見せかけと技巧によって作られた美を語っていますが、自然において美はみなおとりのようなものですよね。花びらをいっぱいに広げて良い匂いを発している花があるならば、昆虫をおびき寄せ、食べてしまうためです。蝶の羽がカラフルなのは、うまく身を隠すためか、性の観点から目立つためです。クジャクが尾羽を広げるのは雌をおびき寄せるためです！」

それに対して私はこう答えてみましょう。「この欲得ずくの美しきものたちは少なくとも、美が欲望と探求心をかき立てる力を持っていることを示しています。私が大自然の美を例示するために挙げた美しきものならば、無私無欲です――靄《もや》に包まれ高くそびえたつ山、湧き出《い》でて広がり、最後には大河となる泉……」。

批判する声は私を制止します――「あなたがそれほど愛でた山は、そもそも地中の動きが引き起こした単なる大地の起伏にすぎなかったでしょう。聖なる畏敬の念を抱かせるとおっしゃるヒマラヤだって、漂う大陸がぶつかり合った恐ろしい衝撃から生じたものです」。

この主張に対して、私の答えはより精緻なものに、場合によっては苦心の跡が目につくものになるでしょう。「私ならば、そのことは別な風にとらえます。生粋の中国人として、地球の動きをも活気づける息吹も含めて、私は〈気〉の存在を信じます。そして私は、地球を動かす〈気〉がすばらしい着想を得たこと、つまり地表が板のように平らで滑らかなままにはしておかなかったことに感謝するのです。もし地表が平らなままだったら、恐ろしく退屈で単調、フランス語が実に見事に表現しているように、この上なく平板なもの〔原語 platitude は「平らであること」を意味し、「単調であること」も意味する〕であったでしょう。だから私は、この山という驚嘆すべきものを出現させてくれたことを〈気〉に感謝します。山は生を高く掲げ、地と天の息吹が絶妙に取り交わされる場なのです。山の奥底から泉が湧き出《い》で、それは下方へと流れ、広がりながら大河となってゆきます。それ以来、山と大河は対をなす陽と陰という生の原理を見事に体現するものとなっています。河は流れ、豊かな平原を潤します。河はまた時間の流れを象徴します。時間は一見、直線的で戻ることのないもののように見えますが、それはただ見た目だけのことです。真の時間は実際には循環するもので、線状のものではないからです。河の水は流れるにつれて蒸発してゆきます。その蒸気は空に昇り雲と化し、雨となって再び山に降り、源においてまた河に補給をします。このようにして、地を這う一方向の流れの上で、地と天をめぐり循環するあの動きが生じているのです。山は海に向かって呼びかけ、海は山に応える。生のこの法則にはまさに、ある美しさがあります……」

　ここで再び、批判する声はあまりにも抒情的な高揚に流される私を制止します。この指摘に対しては、暫確かに美しいが、人間が後になってから精神で作り上げた構図だよ」。「それはみな定的に次のように応えてみます。私たちの使命は、単に物質がどのように機能するのかという説明にはとどまり得ないものです。そういうことは科学の目的です。私たちがここに生きているのは、常により高く、より開かれた生を目指すためです。人間は、あらゆるものの外側にいて誰もいない浜辺で自分の砂の城を築いているような、そんな存在ではありません。人は生の冒険から生じた存在です。精神へと向かうその能力、その考える力、観念を練り上げる力は生の冒険の一部を成します。宇宙のただ中にすっかり迷い込んでいるように見える私たちではありますが、自らが物質の目覚めた意識であり、鼓動する心臓であると想定することもできます。宇宙は私たちの内で思考し、私たちも同じくらい宇宙のことを考えます。私たちは生ける宇宙の眼差しであり〈ことば〉である、少なくとも宇宙と対話する者であり得るのです。

　そう、貴重な〈ことば〉です。単に言語が機能することを可能にする文法ではなく、生けることば、創造することばです。〈精神の見解〉〔机上の論〕が多少あっても、私たちがより高い生の方向へと進む可能性を高めてくれるものであれば、なんの不都合もありません。もしそうならば、その見解を受け入れましょう。もしそうでなければ、それは捨て去りましょう。有効な見解を生み、その価値を判断するためには、共におこなう誠実な探求と本当の相互主観性が最重要となります。それこそ、私たちがここに集う理由です。

人間、そして人間を構成する様々な位相に戻りましょう。まずはその肉体という位相です。すると、肉体の美は存在し、欲望が宿るゆえに肉体美は魅惑に満ちていると言うことができます。したがって、肉体美がおとりの部分を含むことに驚いてはいけません。それは幻惑したり好かれたりするように駆り立てられているのです。しかし、そのところから始めて、私たちは独自の美の感覚を得て、それを磨いてきました。そのおかげで私たちは美を見分けて享受する者になったのです。けれどもこの基本的な形成を超えて、私たちは自分の美についての観念を広げ、高めてきました。人間の身体の構造から天体の動きを統べる法則にまで現われているような形の上での美が、常に維持されている要求、かつて裏切られることのなかった約束を垣間見させるという点で、ほとんど倫理的とでも言える美を私たちに予感させるからです。そしてこの倫理的な展望は、私たちを他のタイプの美、精神と魂に由来する美に目覚めさせてくれます。

けれども、もうしばらく、肉体の美というテーマにとどまってみます。この美をもとに私が視界に入れているのは女性の美であり、男性の美でもあります。しかし私たちが女性に対して礼儀正しい者であり、特に中国人であるならば、いわゆる驚異の中の驚異である女性の美に優先権を与えてみましょう。

もし「中国人であるならば」と今、申しました。なぜならば、中国人は大自然を賛美する者であり、隠喩を愛する者だからです。中国の詩歌は三千年も絶えることなく続く実践によって、自然のあらゆる美しき要素を文字通り隠喩に変えてきました。この隠喩は生ける宇宙のあらゆる感覚的なもの、官能的なものを自らの内に結晶させています。中国の詩人たちの目に女性が大自然の奇跡のように見えるのは、女性の中に大自然の美しきものの一種の濃縮を見てきたからであり、多くの隠喩はごく自然に女性の身体に適用できるからです。それは月であり、星であり、そよ風、雲、泉、波、丘、谷、真珠、翡翠、花、果物、うぐいす、鳩、ガゼル、豹、ある種の曲線や蛇行するもの、曲がりくねるもの、くぼんでいるものであり、これはみな底無しの神秘のしるしです。

ギリシア芸術とローマ芸術はともに女性の姿を称えました。しかし、女性をその肉体の輝きにおいて提示しようとする西洋の欲望が文字通り爆発したのはルネサンス——リッピ〔絵画史に名前が残るイタリア人画家リッピは二人いて、父子の間柄〕、ボッティチェリ、ティツィアーノ、レオナルド〔ダ・ヴィンチ〕、ラファエロ——のときです。

世界中の感嘆を集める《ラ・ジョコンダ（モナ・リザ）》〔「モナ・リザ」はフィレンツェの名士フランチェスコ・デル・ジョコンドの夫人を描いたものとされるため、イタリア語でLa Gioconda と呼ばれる〕を例に取ってみます。しかしその前に少し寄り道をして、長い時間をかけた人体の進化における決定的な段階を喚起してみましょう。それを確認することはできます。モナ・

リザと〔太古に〕穴居生活をしていた女性との間には〈質的な跳躍〉のようなものがあります。しかしながら、穴居の女性の中にはすでに、人間という存在の美しさの兆しはそっくりありました。〈直立する〉ことは、人間固有の生活の始まりとなる瞬間だったからです。この両足で立つ姿勢は三重の解放をもたらしました。それはまず両手を解放し、そのことが「ホモ・ファーベル（工作する人）」の登場を可能にしました。この姿勢は声門と声帯を解放し、人の声がことばと歌のための魔法の道具となること、そして人が言語と思考を持つ存在になることを可能にしました。

最後に、この姿勢は顔を解放しました。足跡から足跡をたどって食べ物を探しに行く動物の口のように、地面すれすれに前に口の突き出た〈獣面《けものづら》〉の代わりに、顔は以後、両肩の上に穏やかに気高く鎮座する頭の一部となります。この顔はこの上なく自在に視線を高みや遠方に向けることも、同類たちと微笑を交わすこともできます。深みからやって来て、頂へと上昇し、最後には頂の形を作り整える感情や感動を浮かび上がらせることもできます。思いきって、こう言っておきます——憎しみの顔はみな醜いものですが、逆に善良さが表れた人の顔はみな美しいと。顔は各人が世界に差し出す、あの唯一の宝物です。捧げものとか心を開くという言葉こそが、顔を語るにふさわしいものです。顔の神秘と美しさは結局のところ、他者の視線、もしくは他の光によってのみ把握され、明かされ得るからです。この点に関しては、フランス語でこの visage（顔）という美しい語を味わってみましょう。それは差し出され、開示された風景、そしてこの開示との関連で、一種の〈対面〉という観念を示唆するものです。

それでは、モナ・リザに戻りましょう。その美しさは外面的な描線の単なる組み合わせに基づいているものではなく、眼差しと微笑、何か言おうと欲しているような謎の微笑によって輝いています。その声を聞いてみたいと、みなどれほど思うことでしょうか！　声そのものも、声が告げる内容も、女性の美の一部を成しています。声によって女性は自分が感じていることを表しますが、抱え持つ憧憬も夢も、そして言葉に尽くしがたく、それでもなお表現されることを求めるような自己のあの部分を表現します。言うことの欲望は美への欲望と混じり合います。言うことの欲望は美の魅力を増大させるのです。そのとき、ある一つの明白な事実が私たちの目に飛び込んできます。女性の美は単に生理学的な進化から生じたのではなく、精神が獲得したものでもあるということです。この獲得が私たちに明かすことは、真の美とは美の意識であり、美への跳躍であること、それはまた愛を生み出し、私たちの愛の概念を豊かなものにするということです。

精神は人間において推論と認識の能力、また同様にその想像的なるものと欲動の部分を統御しています。精神から、私たちはただちに魂へと会話をつなぐことができます。美と愛に関しては、魂という観念が西洋の想像世界の歴史に沿ってずっと、一本の黄金の糸のように駆けめぐっています。それはソクラテスやプラトンから、プロティノスや聖アウグスティヌスを経由して、古典派やロマン派の詩人に至るまで続いていることを確認せざるを得ません。

聖アウグスティヌスを読んでみましょう。「摂理についての説教」の中で、人間の身体という あの奇跡的な均衡を称えた後、彼はこう書いています。「まず初めに、人が魂と身体から構成されていること、そして目に映り従属している実体よりも優れていて、目には見えない実体によって人が動いていること――だから、至高の魂という生来の権威、そして従属した肉体という生来の服従があるということ、これこそが顕著な秩序の美を示すものである。さらに魂そのものの中では、理性（もしくは精神）がその卓越した性質によって最も価値を持ち、他のすべての部分を凌駕するということ、そこにもまた注目すべき一つの秩序がないだろうか？　なぜなら、思慮を欠いた欲望に突き動かされることと、理性と熟考に指揮されることと、どちらがより価値があることか――こう問われたとき、どう返答するかためらうほど種々の欲望のとりこになっている人はいないからだ。したがって、慎重さも理性も持たずに生きている人であれ、だれもがやはりその質問には最良の回答で答えるのだ。そして、このような人が自分の行為によって矯正されなかったとしても、質問が彼に警戒心を起こさせたことは確実である。それゆえ、堕落した行為に及んでいる人においてさえ、自然がその悪徳を告発するとき、秩序の声は消えはしない」。

今度はミケランジェロを引用したいと思います。あるソネットにおいて、愛する人に呼びかけ、彼はだいたいこのようなことを言っています。「私はあなたの中で、あなた自身が愛しているあの部分を愛さねばなりません。それはあなたの魂です。あなたの魂に恋い焦がれるために、私は自分の身体だけではなく、魂の中に糧を汲まねばなりません」。魂は身体を引き受けますが、それに束縛されることはありません。魂は魂に恋い焦がれます。魂に固有の性質は、すべてのものに結びつく能力です。ですから魂の広がりは無限です。全面的な交感が成し遂げられるのは魂から魂であり、身体から身体ではありません。まるで、美が確かに存在することを示すことにより、物理的世界は私たちに美の手ほどきをし、美感を養成したいかのようにすべてが展開しています。さらには、美が拡張性を持ち、形を変えるものであること、形の美から出発して、他の調和あるもの、他の共鳴、他の変貌が可能であることを私たちに示すことにより、美を育むことに与《くみ》しているかのようです。

魂の光のもとで、しばらくモナ・リザに、その眼差し、その微笑に戻ってみましょう。その眼差しにはまさしく、ある神秘があります。眼差しの美はどこから来るのでしょうか？　その美しさは、まぶたやまつ毛、虹彩の色など、目の単なる物理的な外観によるものでしょうか？　美の感覚を授けられた人においては、それを呼び覚ますことができるという意味において、目の物理的な美しさは確かにその感受に与《あずか》ります。ところで、すでに言及したように、真の美とはそのまま美の意識、美への跳躍を意味するものです。けれども、まさにそうであるからこそ、眼差しは単なる目以上のものなのです。あらゆる言語が、「目は魂の窓である」という考えを述べていないでしょうか？　眼差しの美は「存在」の奥深くから湧き出る光から来ます。それはまた外部からやって来て美を照らし出す光に由来するものかもしれません。それは特に、眼差しが一瞬の内に美しい何かをとらえるとき、あるいは愛と美に満ちた他の眼差しに出会うときです。

　良質な演劇や映画、コンサートのときに、観客や聴衆がみな満面に輝く顔つきになる、そのような感動の瞬間をだれでもすでに経験しています。それほどに美は美を呼び、美を増幅し、高めるということがあるのです。このこともまた、聖アウグスティヌスにおいて私たちが読み取ったことと一致しています。この教父にとって美とは、ある存在の内面と宇宙《コスモス》の壮麗さとの出会いに起因するものであり、宇宙の壮麗さは彼にとって神の栄光のしるしなのです。この出会いは内面と外面との分離を言わば消滅させます。

　世界の美がある風景を形作りますが、存在するものの魂もまた風景です。これはヴェルレーヌ〔フランスの詩人(1844-1896)〕が次の詩句によって表現していることです――「あなたの魂は選ばれた一つの風景……」〔『艶なるうたげ』所収、「月の光」冒頭〕。また中国の美学は「情景」という言葉でそれを示しています。魂の風景は様々なノスタルジーと夢、恐れと憧れ、体験した光景と感じ取った光景からできています。

　それでは、私たちの眼差しを三度《みたび》、《ラ・ジョコンダ（モナ・リザ）》に向けてみましょう。その眼差しの謎を解明する一つの鍵がないでしょうか？　鍵は彼女の後ろにくっきりと輪郭をなし、遠くにありながら同時に近くにも見える、あの靄《もや》のかかったような風景ではないでしょうか？

ここでフランス・ケレ〔プロテスタントの女性神学者（1936-1995）〕の言葉を聴いてみましょう。彼女は『塩と風』の中でこう書いています。

岩と湖の様々な形の中で、ある内面世界の奇妙な夢〔引用でこの語はsondeと表記されているが、引用元のケレの本ではsonge（夢）となっている〕があらわになっている。（……）〔モナ・リザの〕肩の高さで起伏に富んだ地形の赤黄色の風景が始まり、風解した岩肌が表面を覆っている。左では小道が湖の灰色の水面に通じていて、張り出した岩山の影が落ちた湖面は縞《しま》になっている。重なる岩はまるで、たてがみと荒々しい首筋、奇怪な鼻面が交差する騎行が、波の上にその石化した怒りの発作を振り立てているようだ。先史時代さながらの荒々しさが眼差しをさえぎっている……右側では、この若き女の唇が上向く方へ、小道が泥土で濁る川の流れに沿って上り、岩が崩れ落ち重なっている間を段丘から段丘へと縫うように進み、ついには最初の湖の上に位置する第二の湖のふちにまで達している……非物質的で、途方もなく内省的なもう一つの世界だ。その世界へと向けて、微笑と両目の動きが私たちにひそやかな合図を送る。高みにある湖は、あるほのかな光でごくわずかに虹色を帯びている。しかし影と閉塞の呪いは破られている。他の岩山が屹立してはいるが、もうなにかを闇に沈めたり閉ざしたりすることはない。その影は輪郭を描き、透明さを暗示する。鏡のような湖面は手つかずのままだ……浄化されたこの二つの岸の間に裂け目ができ、そこでは水と光が双方の金を一つのものとし、共に無限へと遠ざかってゆく。それは旅をする人を迎える一人の神だろうか？　それとも、瞑想の頂に到達したある知性の喜びだろうか？（……）遥か彼方の思い出によって美化され、再び見出された幼年時代だろうか？　人間の一つの夢がそこ、両目と清らかな額の高さで始まっている。その夜明けはいつでも、最初の暁光の射すフィレンツェの丘よりもさらに美しい。

彼女を支えるこの始原の風景、美の約束をすでに内包している風景を考慮に入れると、《ラ・ジョコンダ》は私たちにとって、もはや単に社会の中に位置づけられる一人の女性の肖像としてではなく、宇宙がその始まりから約束していたあの潜在的な美の奇跡的な顕現のように見えます。彼女の微笑と眼差しはそのとき、ある直観的な自覚、はるか彼方からやって来た一つの恵みを意識することのしるしとなります。その微笑と眼差しが私たちに物語ることはとりわけ、真に受肉した美とは他と切り離された単なる顔立ちの美しさでは決してないということです。内面の光、そして始原に与えられた後、幾たびも幾たびも暗くなることがあったもう一つの光、真の美とはこの双方の光の出会いという恵みによる変貌です。ここで変貌とは内面から変わるもの、また同様に生の間、有限と無限、見えるものと見えないものの狭間に現れるもの、そのように理解してください。

私たちはすべてを言いえたでしょうか？　ある一つの声がやって来て、耳にささやきかけます。「でも魂ということばは問題だ。魂なんてない！　ごく簡単に、こう切り捨てる人もいるんだから」。おそらくここで、ジャック・ド・ブルボン・ビュッセ〔三九頁に既出〕が提案した魂の定義なら、ほぼすべての人に受け入れられるかもしれません。音楽の比喩を用いて、魂は各人の〈通奏低音〉、あの律動的で、心臓の鼓動とほぼ一致し、みなが生まれた時からおのれの内に抱えている音楽であると彼は言っています。それは意識よりも深く、ひそやかな階層に位置します。ときには弱音で、ときには押し殺したように鈍く、けれども決して中断されることはありません。そしてある感動や覚醒の瞬間に、それは聞き届けられます。響いて、聞き分けてもらう、これが魂の存在する様態です。「響く」とはまさに適切なことばです。おのれの内で響く、他者の〈通奏低音〉に合わせて響く、生ける宇宙の〈通奏低音〉に合わせて響く、このようにして魂は不滅でいられるのです。「歌うこと、それは存在することだ」とリルケは明確に言っています〔『オルフェウスに寄せるソネット』第一部、第三歌〕。「音楽の邪魔をしないおくれ(四)」――魂にとって、これ以外の規則はあるでしょうか？

魂に与えられたこの優位は、トルバドゥールたち〔中世南仏で高貴な婦人への献身的な恋心を歌った詩人たちの総称〕によって、また少し後でダンテやペトラルカによって称えられた宮廷風恋愛を思わせます。それでも、この西洋で積まれたほとんど神秘主義的な体験は――アラブや中国の文化の中にもあったものですが――現代のある種のフェミニストにとっては疑わしく見えるものです。彼女たちはそこに男性の側のある策略を見ます。男たちは女性を台座の上にあげ、より巧みに囲い、あるイメージの中に封じ込める。つまり女性を支配しようとしたのだというのです。トルヴェール〔中世北仏の宮廷風抒情詩人〕やトルバドゥールたちの、そのようなマキャベリ風の天才的策略を私は信じません。彼らが抱いた崇拝の念は作りものではなく、本物の抑えがたい衝動から来ていました。

しかしながら、強調しておきたいことが一つあります。宮廷風恋愛の信奉者たちは、あれほど強い熱情と敬意を示しました。ですから、彼らが熱愛していたものは、傷つきやすく死すべき運命にある存在としての生身の女性というよりは、遥か彼方からやって来て、とりわけ女性に託されているあの恵み、つまり神の恩寵であるような美という恵みなのです。

この恵みと恩寵という言葉を発しましたが、美と善意のあいだに存在し得る絆について熟考すべきときがやって来たことを、私は心得ております。なぜならば、中国出身であるゆえ、私にはまた自分の母語が宿っているのです。相続したこの言語は私たちに「天生麗質」という表現を与えました。それは「女性の美は天からの恵みである」という意味です。また他方では、好《よ》きもの、善意を表す「好」という表意文字は、形として女という記号と子という記号で構成されています。そして特に、眼前に現れるある美しきものを示すために、中国語は「好看」と言いますが、これは「見るによい」という意味です。この言語に感化されて、中国人は本能的に美と善意を結びつける傾向を持っています。これに関してぜひ指摘しておきたいのですが、フランス語においても音韻的に、美と善意のあいだには緊密なつながりがあります。この二つの語はラテン語のbellusとbonusから来ていますが、それは実際に二つともインド・ヨーロッパ系語族の共通の語根dwenosから派生しています。私はまた、古ギリシア語においても同じ一つの語kalosagathosが、美（kalos）という観念も善良（agathos）という観念も含んでいることを忘れてはいません。しかし何よりもまず、美と善意を結びつける本質的な絆に関しては、アンリ・ベルクソンの『思想と動くもの』の一節を引用したいと思います。この一節はその決定的な簡潔さによって強い印象を与えます。「美を通して読み取れるものは恩寵であり、恩寵のもとに透けて見えるものは善意である。善意とは、与えられる（生の）原理の限りない気前の良さだからである。恩寵という語のこの二つの意味〔美と善意〕は一体をなしている」。

ベルクソンの考えの源にまでさかのぼりたければ、私たちは再びプロティノスを参照することができます。プロティノスはプラトンに続いて、魂が善の方へと向かう三つの段階を区別しました。魂はまず感知できるものの美を認識します。魂はそれから、形相‐精神の世界に向かって上昇し、感知されたものの美の起源を探します。最後に魂は形相の美の上にある形無き美である善に到達しようとします。プロティノスにとって美は愛に結びついていることを明確にしておきましょう。愛は美の一部であり、その至高の状態を構成します。なぜならば、美が命を与えるあらゆる形相の彼方で、この愛が望むものは、見える美の源である見えない光だからです。プルースト〔フランスの小説家（1871-1922）〕の次の言葉を理解できるのは、この意味においてです。「美はそれ自体のために愛されるべきではない。美は事物への愛と宗教的な思いのあいだの共同の果実であるからだ」。

私は今、偉大な思想家たちを引き合いに出しました。私の個人的な思いを披露しますと、善意が美しいことは明らかであるように思われます。単にこう問いかけてみましょう。「美しくない善意の振舞いなど一つでもあるだろうか？」その答えは、いわばすでに与えられています。つまり、フランス語では「美しい振舞い」と言いますし、中国語でも「美徳」と言うのですから。

逆に美は善であるというのは本当でしょうか？　一見したところ、ことはあまり明らかではないように見えるようです。通常の意味において、美は必ずしも善ではありません。〈悪魔の美しさ〉〔一般に、若さゆえの見ためにとどまる美〕とまで言います。しかし、私たちの根本基準――「存在」のもとにあり、開かれた生の方向へと動く美が真の美である――を忘れないようにしましょう。悪魔の美しさの方は見せかけに基づいていて、破壊と死の技をなすものですから、醜さそのものです。この点については、私たちの瞑想の初めに強調しておきました。本当の美しさは外観を超えるものであり、これもまたプロティノスの次の言葉が説明しているものです。「だれかの中に見られる英知ほどに実在的な美はない。（普通の意味においては）醜いかもしれぬその顔立ちに関係なく、私たちはその人を愛するのだ。そこでは外面的な見かけはみな放っておいて、その人の（輝きを与えてくれる）内面の美を私たちは探すのだ」。

もちろん美しきもののすべてが完璧な英知に達するわけではありませんが、真の美はみなこの本質に与っていて、古代からあらゆる賢者が称揚する概念である至高の調和を目指します。調和と言っても、私はただ美の存在を客観的に構成する描線の配置の中に現れるものを意味しているわけではありません。私自身の考えでは、調和が意味するところとは特に次のことです。美の存在はその美の周りに調和を拡散し、分配と交感を促進し、慈愛の光を分かち与えるということであり、これは善意の定義そのものです。善意と美は一つの有機的で効力を持つある実体の二つの面を形成すると言っても過言ではありません。それならば、その二つに違いはあるでしょうか？

思い切って、一つの定式を提示してみます。

善意は美の質を保証する。

美は善意を発散し、それを望ましいものとする。

美が本物であることが善意によって保証されるとき、人は真理の至高の状態にいます。繰り返しになりますが、それは開かれた生の方向へ向かう真理、正当化される必要がなく、それ自体で根拠を持つような何かに憧れるように人が憧れる真理です。生の秩序の中、それ自体で正当化されるものとはまさに、喜びと自由の状態に高まり、善意そのものが単なる義務という概念を超えることを可能とするような美です。美は善の高貴、善の楽しみ、善の享楽であり、善の輝きそのものです。

けれども、理解しがたい錯誤によって、今日では善意は重んじられてはいない――このことを認めないわけにはまいりません。誤解されて、善意はその「ばか正直な」、あるいは「すっかり色あせた」見かけによって、何か気づまりを感じさせるようなものに貶《おとし》められています。「地上の呪われた者たち」という私たちの状況ゆえに、苦悩や強い恐れ、醜い日常の味気無さ、また常に道を外れてしまう様々な欲望に取りつかれていますから、美に関して私たちは、はなはだしく背徳的、悲劇的なものを称揚することを好んでしまいます。ですから、ペシミズムや、さらには冷笑的なポーズが幅を利かせるのです。そのような態度は、私たちのあざけりや反抗の欲求をより効果的に満足させるからです。それでも、善意に、真の善意に戻る勇気を持たなければなりません。ここで私は、あの激しい気性で非社交的なベートーヴェンのことを思います。自己の作品と一般的に芸術創造のことを語りながら、実はこのように述べるほどに彼は謙虚で明晰でした。「本当の芸術家は思い上がりを持たない……他の人たちがたぶん彼に感嘆しているときでも、より偉大な天才がこちらから見ると遠くで太陽のように輝いている、その向こう側に自分はまだ到達していないと嘆いているのだ。私はどんな人においても、善意以外の優越のしるしを認めない。

それが見つかるところこそ、私の家だ」〔書簡より〕。

美を養う善意は、多少とも素朴な、ある種の良い感情と同一視できるものではありません。善意は要求そのものです。正義、威厳、寛容、責任の要求、精神的な情熱に向けての高揚の要求です。人間の生は試練だらけで、悪にむしばまれていますから、寛容はますます深まる社会参加を要求します。そのことによって、寛容はそれ本来の性質も深め、共感や感情移入、連帯や同情、憐憫や慈悲のような多彩な美徳を生み出します。これらすべての美徳はある献身を意味するものであり、この献身はまたもや、宇宙と生命の出現は途轍もない贈与であることを私たちに思い出させてくれます。約束を守り、裏切ることのないこの贈与は、それ自体が一つの倫理です。

ある人において、この献身がおのれの命を与えることにまで行きつくとき、それが生の原理を完全なままに保つために、あるいは他者の命を救うためになされるとき、その献身は不思議な美しさで輝き、正義の至高の意味を示します。それが引き起こす行為は高貴と偉大さに満ちた勇気を表しています。儒学者たちの目に最も美しい徳と見えるものは「人、(人としての愛・人徳)が無傷なままでいるために死ぬ覚悟がある」ということです。この理想はあらゆる偉大な宗教が分かち持つものです。程度はさまざまですが、平和や愛の名において悪に立ち向かわなければならなかった人たちのことを思います。また、信念や信仰がいかなるものであれ、みなが思い浮かべるのは、絶対的な愛は可能で、いかなる悪もそれを損なうことはできないと示すために、十字架の上で思いのままに死ぬことを引き受けたキリストです。それこそ、おそらく人類が体験した最も〈美しい振舞い〉のうちの一つでした。

他の方面で言うと、無実ではあっても精神的に、あるいは肉体的に、恐ろしい試練を被ったすべての人のことも思います。苦痛や苦悩を乗り越えて、彼らが人間の魂から湧き出るあの光の部分をわずかでも保つならば、見捨てられ、やつれた顔に現れる美のかすかな光に、私たちはふと心をつかまれてしまいます。そうです、美は私たちにおのれの悲劇的な条件−運命を忘れさせることは決してないでしょう。人間に固有の美があります。もしそう言ってもよければ、悲劇的なるものを超えて燃えている精神の火があります。

すべての人が、今私がお話ししたばかりの試練を経る運命にあるわけではありません。しかしだれもが、生の名において恐ろしい困難に向き合う存在の内にある尊厳から生まれる、あの偉大さを分かち持つことができます。おそらくそれだからこそ、西洋の芸術において、〈嘆きの聖母像《ピエタ》〉を表す絵が最大の傑作のうちに数えられるのです。ルーヴル美術館の《アヴィニョンのピエタ》を例に取りましょう。最も強烈な印象を与える作品のうちの一つです。一四五五年、アンゲラン・カルトンによって描かれたこの絵は、画架判大のものとしてはフランスで最初の大きな絵です。この芸術家は流派の伝統も技術的な洗練も気にかけずに、絵におのれの魂のすべての力を注ぎました。絵は横長で三連祭壇画の大きさを持っていますが、一続きのものです。

「十字架にかけられた人」の死体は絵に沿って水平に伸びています。身体はこわばって腰が曲がり、両脚はたわみ、だらりと垂れた右腕の先端にあるのは指が縮こまった手です。死体の周りに三人の人物が並びます。左側ではヨハネがキリストの頭に向けて身をかがめ、その両手は息子－弟子としての限りのない愛を反映する献身のしぐさで、死刑に処せられた男の頭に食い込んだ荊《いばら》を引き抜こうとしています。キリストの足、つまり右側にはマグダラのマリアがいます。彼女も身を前にかがめて、左手で香水の瓶を持っています。血の色をしたその寛衣は（逆流する血のように）死体の半身を覆っています。裏返った裾の端で彼女は涙をぬぐっていますが、その生地は黄色で、キリストの頭から放射する黄金色の光の筋に呼応しています。女の青白い顔で目立つのは、苦しみ－情念でまだ熱を帯びた頬、そして開きかけた唇です。その唇はまだその人を呼び続け、決して発されることはなくても途切れることはなかった愛の言葉を、彼にささやいているかのようです。絵の真ん中には聖母がいます。息子の身体が置かれているのは彼女の膝の上です。彼女は暗い夜の色をした寛衣を身にまとっていて、その色は瞳を閉じて口をつぐんだ顔の蒼白な色をより劇的に際立たせています。驚愕が入り混じる悲しみに言葉を失った叫びが聞こえてくるようです。上半身を起こした聖母は絵の中でただ一人の垂直な姿、他の二人は水平、あるいは傾いた状態です。このように上体を立てて、聖母はまさにその苦しみの中心において、高みから来る返答を待っているように見えます。

私たちの眼差しはもとに戻り、あらためてキリストのやせ細った身体に注がれます。その身体は絵全体の構図を定め、いわばその骨格を、そして逆説的ではありますが、その力線のようなものを形成しています。生きている者たちを集めて結びつけ、収斂したり分配したりする動きに引き入れているのは彼であることが分かります。みなの絶望の涙を引き出した張本人であり、今ただ一人、その涙を乾かすことができるように見えるのは彼です。恐ろしくこわばり突っ張ったこの身体が突如、高貴な一徹さを表すものとなりました。この身体は、その持ち主が死ぬ前に抱いた決意を思い起こさせるからです。その決意とは、絶対的な愛はあり得る、いかなる悪でもそれを損ねたり穢したりすることはできない、それを証明するということです。

そのとき何かが絵全体に命を吹き込み始めます。他の次元からのかすかな息吹が、血の筋が乾き固まった傷口から出てきました。私たちの目は、ある一つの力を認めることになります。そこに横たわっている身体はある〈美しい振舞い〉の結果だということです。その振舞いこそが他のすべての振舞い、ヨハネの、マグダラのマリアの、そして聖母マリアの振舞いを引き起こしました。まずはほとんど無となり、完全な貧窮によって裸となり、あらゆる屑と重しから浄化されてはじめて、その身体はまた慰める人となることができたのです。彼だけが今、慰めることができます。ます。これが死に打ち勝つ彼なりの流儀です。

贖《あがな》いとしての美、これこそが「美は世界を救うだろう」というドストエフスキーの言葉の本当の意味でしょうか？　この言葉には私たちの同時代人、ロマン・ギャリ〔フランスの作家（1914-1980）〕の言葉が呼応しています。「生が引き受けた美学、それも生そのものを供儀《くぎ》とするほどのもの、それ以外に人間にふさわしい倫理学があるとは思えない」、「美によって世界を贖《あがな》わなければならない――振舞いの美、無垢の美、犠牲の美、理想の美」。

第四の瞑想

今まで私は時おりあれこれの思想家の言ったことに基づき、個人的な考察を進めてきました。もう少し先に進んだら、芸術創造の問題と価値の基準を打ち立てることは可能かという問題に取り組んでみます。そのために私は、美に関する思考の二つの偉大な伝統、つまり自分が多少なりとも知っている西洋の伝統と中国の伝統に、より幅広く問いかけねばならないでしょう。さしあたって、様々な文化や霊性を持ち、美を称賛した理論家や実作者たちの助けを借りて、美についての探索に進み入ってみましょう。私が瞑想の典拠や主題を汲むことになるのは必然的にまず西洋や中国の側ですが、それでもなおイスラム世界による迂回も排除するわけではありません。

当然のことながら、プラトンから始めることにしましょう。『饗宴』において、彼は愛の神であるエロスがいかにして弁証法的動きに従い、感覚的なものから知的なるものに向けて上昇するかを示しています。身体の美が対象である肉体的な愛から、魂の美が対象となる精神的な愛を経由して最終段階、つまり絶対的な美の観想にまで至るのです。その後、西洋の歴史を通して、美に優位を与える者たちは特に、「美はイデアの光である」、さらには「美は真実の光輝である」と主張したこの哲学者の思想を援用しています。

　プラトンの継承者プロティノスは、美を「神性」の顕現として称揚しました。キリスト教の到来がすでに近づいています。この系列には同じく、聖アウグスティヌス、ダンテ、ペトラルカのような人たちが加わります。ルネサンスの熱狂的な芸術創造は、長い間抑え込まれていた欲望の真の内的爆発であり、それ自体で美の勝利でした。古典主義時代に美は確かに敬意を受けてはいましたが、真実の要求に従属していました。「真実以外に美しいものはない」とまでボワロー〔フランス古典主義の理論を説いた作家・詩人（1636-1711）〕は言いました。ロマン派作家たちはこの順序を逆にしようとします。彼らは美へのあこがれや、美に関する自分たちの確信を表現したのです。至高の真理は美に他ならないとまでは言わずとも、真理は美に結びついているという確信です。

　まずはアルフレッド・ミュッセ〔フランスの詩人（1810-1857）〕に耳を傾けてみましょう。

ところで美とはすべてだ。プラトン自身がそう言った。

地上において美は至上のものだ。
われらに美を示すために光明は創られた。真実以外に
美しきものはないと、ある名誉ある詩句は言っている。
私ならば冒涜の言葉となることを恐れず、こうこたえよう。
美にあらずして真実はない。美しきものをおいて真実はない。

ちょうど彼に呼応するように、ジョン・キーツには、この二行句があります。「この世は魂たちが成長する谷である」〔手紙の中で〕言ったあの詩人です。

美、それは真実。そして真実は美だ。それこそ
人がこの世で知ること、知らねばならぬことすべてだ。

〔詩篇「ギリシアの壺のオード」末尾〕

ドイツ詩人の側ではシラー〔1759-1805〕かノヴァーリス〔1772-1801〕を引用してもよかったのですが、ヘルダーリン〔1770-1843〕のこの提言を取り上げてみましょう――「この世に詩的に住まわなければならない」。この詩人は詩的言語の力に絶大な信頼を寄せています。詩の言葉のおかげで人は美が

与える務めを成し遂げることができるのだと彼は確信しています。

これらの考えはみな深いあこがれと確信を表現するもので、いわば根本的な存在のあり方を作り上げることを目指しています。それでも真の美とは何かを定義するための深い探求がなければ、これもみな効力がないことが分かります。しかし、フィヒテ〔ドイツの哲学者（1762-1814）〕やシェリング〔ドイツの哲学者（1775-1854）〕のような人、またその同時代の哲学者たちの理論面での前進を私たちは知らないわけではありません。そのことは次の瞑想の際に取り上げることにしましょう。ともかく、ロマン主義者たちの後、そしてニーチェ〔ドイツの哲学者（1844-1900）〕が神の死を宣言するよりもずっと前、私たちにとっては近代を切り開いた存在であるボードレール〔フランスの詩人（1821-1867）〕はすでに作品の中に、〈大都会〉で迷い、根無し草となっている人間の苦悩を書き込みました。彼自身が、醜悪なものでありながら魅惑する悪という意識に取りつかれていたのです。

中国の方へ目を向けると、思想の二大潮流の創始者たちは直ちに美の力を前面に押し出したことが分かります。紀元前四世紀、道教の父祖の一人である荘子は「天と地の間には偉大なる美がある」、また「自然はしおれたものと腐敗したものを素晴らしいものに変える力を持つ」と指摘しています。彼が提示する〈真人〉〔真正なる人、つまり道の奥義を悟った人〕とは、内面が浄化され、宇宙の無限の空間と全面的な交感に入ることのできる人、そこで〈神遊〉つまり「霊的な逍遥」を行うことができる人のことです。

孔子は社会の中の人間に、より心をとめました。彼の考え方は何よりもまず倫理的です。しかし彼は人〈人徳〉を実践するために礼〈儀礼〉と楽〈音楽と詩〉を説き勧めました。礼は適切な関係、正しい距離の置き方、また同様に物腰や振舞いの美しさを助長します。楽の方は節度と調和の感覚を磨きます。他方でこの師は諸々の美徳を肉欲と同じくらいに魅力あるものとすることを夢見ます。そのために彼は、同時に美の形態でもあり、ある種の美徳の象徴でもある自然の要素に訴えます。彼によるものとして、次のような言葉が知られています。「知性の人は水の流れを愛し、心情の人は山を好む」、また「冬の厳しさの中で、人は緑あせぬ松の活力を愛でる」。

その後、知識階級の人の文章や絵の中において、例えば、真っすぐに伸び上がるさまにおいては竹が、雪のただ中で咲くことができるという点で梅が、泥の上でその清浄な輝きを保っていることでは蘭《らん》と蓮《はす》が称えられています。人と世界の間の、善と美が結びつくこの親密なつながりを超えて、儒者たちが説く三項「天」「地」「人」を指摘しなければなりません。この三つのものの関係では、人は鎖に不可欠な環《わ》のようなものに相当します。儒者にとって人間の道は天と地から生ずるとしても、天と地もまた、人がおのれの道を尊厳の中で成し遂げることを必要としているのです。

儒者たちは人間の本性に信頼を寄せすぎたかもしれません。彼らは善と悪という観点では大いに考えましたが、一つの根本的な問題、つまり根源的な悪という問題は考察しませんでした。人間関係という構想において、彼らは諸々の義務を強調しましたが、権利という問題、自由な意識を享受する主体としての個人を守る権利の問題については、深く考察することを怠りました。しかしながら、最良の儒家たちがなした努力、善と美の結合によって真理の呼びかけに応ずるあの努力は、依然として私たちが注目すべき姿勢です。

ここで、私たちの出発点となったプラトンの三つのイデア「真」「善」「美」に戻りたいと思います。もはやそれを三つの項目に分けたりせず、一つに統合すべき時であると思います。なぜなら、「真」あるいは「真理」は、現在の語義においては実際に現実世界のすべてを包含するからです。だから真理はもはや、生が生命の原理にしたがって調和的に働くことを可能にするような大きな法則にだけ関わるものではありません。真理とはあらゆる形の逸脱や退廃にも関わるものであり、それらはこの時代においては途轍もない広がりを持ち、私たちの意識に襲いかかってきます。そして根源的な悪——生そのものの秩序を破壊しかねない悪——の問題は、価値基準を打ち立てようとする私たちの試みにおいては、不可避的にぶつかることになる強固な壁です。この壁が私たちの唯一の地平線とならないように、壁が私たちの視覚をふさぎ、全面的な贈与である〈生ける宇宙〉のより総合的な展望に到達することを妨げることのないように、真の等級においては至高の席に善に基づいた美を敢然と置くことにしましょう。つまり、前回の瞑想の際に私たちが定義したような美です。至高の席において、その美は絶対的な価値を体現するものであり、そのおかげで他の中間的な諸価値が確立され得るのです。私は「愛」という語をあまり用いません。なぜならば愛の原理は美の原理に含まれているからであり、愛は美から自然に流れ出てくるからです。さらにこの美は愛から生ずるもの、つまり交感、称賛、変貌を明らかにするからです。

直ちにこう付け加えておきましょう。この絶対的な価値としての美は、決して理想の天空に浮かび、近寄ることのできぬ星ではありません。それは人間の手の届くところにあります。ただ、すでに申しましたが、ありきたりの歓喜や良い感情という状態を超えたところに位置するのです。この美には世界の苦しみを引き受けること、尊厳や同情、正義感が極限にまで要求されること、また全面的におのれを開き宇宙の響きに歩み寄ることが伴います。この要求と開かれた状態が含意するものは、求める人の側において、感受し受容する能力を深めていくこと、それも「世界の谷」〔『老子』二十八章〕となり、強烈な光に焼かれるままになるまで自己の内でその能力を掘り下げていく努力です。この光だけが、求める人の身体と精神をふさいでいる飾り物を落とす力を持ちます。光は真に開かれた状態の生成に必要な条件です。

私が今述べたこの歩みは、実際には禅の道そのものに他なりません。この道は今、そしてここでの私たちの存在の価値、つまり明晰な眼差しの価値を強く主張します。同時にこの道が主体の側に要求するものは、決然として余分な飾りを捨てることを絶え間なく繰り返すことであり、それは目では見ない状態、もしくは非存在の状態に至るまで続きます。道が要求することは客観的な世界を直視する、つまり世界を外観によってではなく、あたかもその根源においてとらえるということです。そうすることによって、客体は真に主体の内奥で生まれて育ち、逆に一変して主体の自我は宇宙の生成に参与するのです。ここには宋の青原《せいげん》師による認識の三つの段階が認められます――「山が見える、もう山は見えない、再び山が見える」(五)。さらには唐の臨済師の認識四段階も認められます――目の前に対象《もの》がある、その対象《もの》はもう見えない、自分を忘れる、共に生まれる対象《もの》と自分。

〈共に‐生まれる〉こと、このようにクローデルが彼なりに言い表した考えは、西洋の思想家アンリ・マルディネの経験によく似ています。「あらゆる認識のしるしが消え失せる、時間の端のぼんやりとした光の中で目覚めるような折々、私は物もイメージも知覚することができない。私は純粋な印象の主体ではなく、私に向き合う客体を無頓着に傍観する者でもない。私は、自らの内に立ち上がり、私自身の光で明らかになる世界と共に生まれるものであり、私自身の光もただその世界と共に立ち上がるのだ」。

中国詩のうちでも最も美しいものを生み出したこの覚醒の道は、私たち自身が理解しているような美の挑戦に立ち向かうための基礎的な姿勢となります。この道を構成する要素は、恵み、受容、他者の十全な存在が宿ることによる仮象の超克、宇宙の響きへとおのれを開くことです。

仏教の禅は抗しがたく、私にもう一つ他の道、後にキリスト教が価値を高めることになるオルフェウス〔死んだ妻を連れ戻そうとして冥界に下ったとされるギリシア神話の人物〕の道を思わせます。このように想起する第一の理由はおそらく、仏教の側にも目連〔古代インドの僧、釈尊十大弟子の一人で、餓鬼道に苦しむ母を救ったとされる〕の伝説があるという事実に拠ります。目連も母を救うために地獄へと赴きました。程度の差はありますが、より深いところで、この二つの道は同質の精神を持ちます。オルフェウスもまた、進む道が魂の真の次元に到達し、生と死という「二重の王国」の中心で共鳴するためには、自己を滅する必要があると理解しました（ダンテは天国においてさえ目が見えないままの状態〔『神曲』天国篇第二十五歌〕、あるいは目では見ない状態〔同第三十歌〕を体験します）。

しかし、二つの道は基礎的な準備であり続ける、こう繰り返しておきましょう。真の美の奥深い性質については、その存在形態、そして私たちが美との間に保つ複雑な関係の観察を、より推し進める必要があります。もう一度私たちの眼差しを中国の経験に向け、この他とは異なる経験の中に、私たちの考察を養ってくれるものを汲み取ってましょう。

中国の文化はその持続してきた長さによって、多くの変化したものや硬直化した要素を運んできましたが、それらのものはためらわずに脇にのけておいてかまいません。中国文化の最良の部分は、実生活の中のある考え方と実践、また同じく美のある種の経験にあります。その部分は、いかなる中国人でも捨て去ろうとはしないでしょう。その人が相変わらず儒教や道教を信奉する者であっても、仏教徒やイスラム教徒、あるいはマルクス主義者になってさえ、そう言えます。この点についてはもう少し考えてみる価値があります。

中国の宇宙観は、物質であり同時に精神でもある〈気〉の観念に基づいています。この気の観念から出発して、初期の思想家たちは、すべてが結び合い支え合う〈生ける宇宙〉という統一的で有機的な概念を提示しました。はじまりの気は原初の統一を保障し、あらゆる存在を絶えず活気づけては、すべてが交差し生成する場、タオ〈道〉と呼ばれる一つの巨大な組織網のうちに結びつけます。

〈道〉のただ中において、気の性質とリズムは、はじまりの気が並立して作用する三つの型の気、つまり陰の気、陽の気、そして冲気《ちゅうき》〔真ん中の空（くう）の気〕に分かれるという意味において三項からなるものです。活動的な力である陽と柔らかく受容する陰の間で、原初の対《つい》からその力を引き出している冲気は、陰陽を実りある相互作用に引き入れる働きをします。それは陰陽双方にとって有益な、相互の変化のためです。

この視点に立つと、生ける実体の間で起こることは実体そのものと同じくらい重要です。（この実に古くからある直観は、二十世紀の哲学者、マルティン・ブーバー〔オーストリア生まれのユダヤ系哲学者（1878-1965）〕の思想に通じます。）空《くう》はここでは積極的な意味を持ちますが、それは気に結びついているからです。空は気が循環し、再生する場なのです。すべての生けるものには、これらの気が宿っています。しかし、それぞれのものは、陰または陽がより優勢である極によってしるしづけられています。対をなす大きな実体を例に挙げてみましょう――例えば、太陽と月、天と地、山と水、男性と女性です。この道教的なヴィジョンに対応して、私たちが以前に見たように、儒教の思想もまた三つの原理からなります。「天」「地」「人」の三項は人が宇宙《コスモス》のただ中で演じるべき精神的な役割を証し立てています。

この〈気‐精神〉に基づく宇宙論的なものの見方は、私たちが生の動きを理解するさまに関して、特に三つの影響をもたらします。

第一の影響はこうです。道《タオ》のダイナミックな性質のおかげで、また特に非存在から存在へ――より正確に言うと、中国語で無から有へ――と移行するプロセスを始原から一貫して保障する気の作用のおかげで、生の動きとこの動きへの私たちの関与は、始まりのときと同じく常に変わらず相互的な発現となっています。換言すれば、生の動きは各瞬間において、同じものの平板な繰り返しというよりはむしろ、出現、あるいは新たなる躍動のようなものとして知覚されます。この理解の形を説明するためには、時間を貫いて今日も根強く行われている二つの実践、太極拳と習字を例として挙げることができます。

第二の影響は、生の動きが恒常的な交換、そして交差の網目の中にとらえられているということです。これに関しては、一般化された相互作用について語ることができます。それぞれの生は、たとえ自覚がないとしても、他の様々な生に結びついています。さらに、それぞれの生は小宇宙として大宇宙と結びつき、その大宇宙の運行が他ならぬ道《タオ》なのです。

第三の影響は、同じものの繰り返し以外の全てである道の運行のただ中において、相互作用は結果として変化をもたらすということです。より正確に言うと、陰と陽の相互作用において、沖気はこの二つの最良の部分を吸い寄せ、双方を一方にとっても他方にとっても有益な、相互関係内での変化に引き入れます。沖気は時間の中においても作用することを指摘しておきましょう。河は戻ることなく流れる時間の表象ですが、その水は流れながらも蒸発し、空に昇って雲となり、雨となって降ることで源において河に補給をすることを、中国の思考は知覚しています。沖気が起動するこの循環の動きは、まさに更新の動きです。

私たちの関心事である次元、美の様態という次元に移し替えてみると、上述の三つの論点はそれぞれ次の三点に対応を見出します。

――美は顕現〔カトリックにおける主の公現〕とまでは言わなくとも、常に生成であり出現、より具体的にはそこに現れるものである。

――美は、ある一つの美を構成する要素のあいだ、この現前する美とそれをとらえる眼差しのあいだの交差、相互作用、出会いを前提とするものである。——この出会いが奥深いところで起こるならば——ちょうどセザンヌのある絵が画家とサント＝ヴィクトワール山との出会いから生まれているように——そこから何か他のもの、ある啓示、ある変貌が生まれる。

だれもが芸術家であるわけではありませんが、一人ひとりが美との出会いによって変化し、変貌した、自分自身の存在を持ち得ます。それほどに美は美を引き起こし、美を増大させ、高めるものなのです。美の機能もまた三項からなります。

「美はそこに現れるものである」、この言い回しには驚くかもしれません。美というものが存在するならば、それが見えるものであれ、見えないものであれ、すでにそこに与えられているのではないでしょうか？　なぜ美は現れなければならないのでしょうか？　中国人であっても、客観的な美が存在することを知らないわけではありません。けれども彼はまた、生ける美は決して静的なものではなく、最終的かつ決定的なものとして明かされるのではないことを知っています。

気に命を与えられる実体として、美は〈隠－顕〉の法則に従うのです。霧に隠れる山や扇の後ろの女の顔のように、美の魅力は明かされることにあります。あらゆる美は独自のものです。また、状況や一瞬一瞬、光の当たり具合によって変わります。美の突然の出現とは言えないまでも、その表れは、常に予想外であり望外のことです。美の顔つきは、それがたとえなじみのものではあのっても、毎回毎回新しい状態であるかのように、ある一つの到来のように、私たちの前に姿を現すはずです。そうであるからこそ、いつも美は私たちの心を動かすのです。輝く優しさに満ち、突然、闇と苦悩を超えて私たちの臓腑を揺り動かす、そのような美があります。地下の穴倉のようなところから現れ、不意に私たちをとらえたり、その奇妙な魔法によって心を奪ったりする美があります。またほかには、混じりけのない閃光として、征服し、雷で打つような美も……

私は霧に隠れている山のイメージを喚起しました。これは「廬山の霧と雲」という表現を思い出させます。中国語で「真の美」を意味します。その美とは、当然のことながら神秘的で「はかり知れぬ」もの、私はそう申しました〔第一の瞑想〕。廬山はその霧と雲で有名ですが、さらに四世紀の大詩人、陶淵明の詩の中の有名な二行を生み出しています。この二行はその巧みな簡潔さによって、中国人が美を知覚する様態を理解させてくれます。

私は菊を摘む、東の垣根の近くで
遠く悠然として、南の山が望まれる（六）

フランス語訳では、残念ながら一つ目の解釈しか表現できませんが、この二行句には二重の意味があります。実際に二行目において、〔フランス語訳で使用している〕動詞「知覚する

percevoir」は原語では「見」です。ところで、この動詞は古中国語では「現れる」ことも意味しました。したがってこの二行目は別の読み方も許容します。つまり、「遠く悠然として、南の山が望まれる」の代わりに「すると、悠然として南の山が現れる」と読むことができるのです。南の山とは廬山のことですが、この山は突然霧が引き裂かれるように晴れるときにだけ、その美の輝かしさを全開にすることが知られています。ここでは句の二重の意味のおかげで、読者はすばらしい出会いの光景に立ち会います——夕暮れ時、詩人は東の垣根の近くで身をかがめて菊を摘んでいます。ふと顔をあげ、彼は山を目にします。そこで句が示唆するように、山の姿（vue）をとらえようとする詩人の行為は、霧から解放されて視覚（vue）に入る山そのものの出現の瞬間と同時に起こっているのです。

幸運な一致によって、フランス語でも vue という語は二重の意味を持つことが分かります。見る人の視線・眼差しと見られたものの姿・眺めです。このように、陶淵明の詩句の例においては、二つの vue が出会い、ある完璧な一致、奇跡的な共生状態が作りだされる。しかもすべてが悠然と、恩寵のたまもののように進みます。詩人は、山の写真を撮るために好都合な瞬間を不安げに待ちかまえる観光客のような存在ではありません。山に出会い、その美しさを享受しようとする一方で、自分は山が待っている対話者であることも詩人は知っているのです。

私たちは今、目に入る存在とそれをとらえる眼差しの間の交差を含む美という考え――モーリス・メルロ＝ポンティが提言した〈交差運動《キアスム》〉(七)の概念に近いものです――に向けて、一歩前進しました。ここで、先ほどの問いが改めて発せられます。「なんだって、客観的な美は存在しないのか？　眼差しにとらえられて初めて、美は存在するのか？」私の答えは、今すぐに答えなければならないとすれば、こうなるでしょう――「客観的な美は存在します。けれども、対象として見られない限り、それは無益なものです」。しかしながら、この答えに満足することなく、中国絵画による回り道をしながら、より根本的なヴィジョンに向かって進んでみましょう。

画面のどこかに、一人のごく小さなサイズの人物が認められる中国の風景画を、きっとご覧になったことがあると思います。主題が前面に表現され、風景が遠方に退いている作品を見慣れている目を持つ西洋の愛好家にとって、この人物は万有の中ですっかり迷い、溺れているように見えます。中国人の精神は、そのようにものごとをとらえません。風景の中の人物は常に適切に配置されています。その人は風景を眺めたり、撥弦楽器《ツィター》を弾いたり、あるいは友と語りあったりしています。けれども、しばらくの間じっと彼に注意を注いてみると、必ずやその場に身を置くような気持ちになり、こう気づくことになります。その人は要《かなめ》の点であり、その周りに風景は組織され展開している、彼を通してこそ風景を見ることができるのだ。それどころか、彼こそが風景の覚醒した目であり、鼓動する心臓なのだと。繰り返しますが、人は見捨てられた浜辺で一人砂の城を築いているような、世界とは無関係な、そんな存在ではありません。人は生ける宇宙の中で最も感じやすく、最も欠くことのできぬ部分です。自然が少しも変わらぬその欲望を、実に奥深く隠されたその秘密をつぶやく、その相手が人なのです。その時、視野の転倒が起こります。人が風景の内部となる一方で、風景は人の内面の風景となるのです。

中国画はみな自然主義的ではなく、精神性を持った絵画に属するものですから、魂の風景として、じっくりと眺めるべきです。人はそこで自然との絆を結びますが、それは主体から主体へ、そして親密な打ち明け話という観点からです。この自然はもはや生気なく受動的な実体ではありません。人が自然を見つめるならば、自然も人を見つめます。また、人が自然に話しかければ、自然も人に話しかけます。敬亭山を思い起こしながら、李白はこう主張しました。「私たちは倦むことなく見つめ合う（八）」。これに呼応するように画家の石濤《せきとう》〔中国・清代初頭の画家（1642-1707?）〕は黄山《こうざん》についてこう言っています。「私たちの対座には終わりがない」。中国ではいつの時代でも、詩人と画家は大自然と暗黙に了解し合い、互いに啓示を与え合う関係にあります。世界の美は、言葉の最も具体的な意味において、ある一つの呼びかけであり、言語を駆使する存在である人間は、魂をつくしてそれに応えるのです。まるで宇宙が自らのことを考え、それを言語化してもらうために人を待っているかのようです。

これはみな夢見ているような幻覚、〈東洋〉の酔狂にすぎないのでしょうか？　自然の師にして所有者であり、より理性的で懐疑的な西洋の人間は、このような〈幻覚〉に身を任せることはあるのでしょうか？　「それは私に話しかける（興味を抱かせる）」「それは私を見つめる（私に関わる）」、あるいは「それは私に何も言わない（あまり気乗りしない）」のようなフランス語の言い回しも、眼差しと言葉を世界との間で交わしたいという、あの欲求を露呈させているように見えます。私はここで画家アンドレ・マルシャンの言葉を思い出します。「私を見つめているのは木々の方だ、そのように感じた日々もあります」。セザンヌのことも考えずにはいられません。日暮れどきに、サント＝ヴィクトワール山の、あの始原の底から現れた「地質学的な隆起」を感じて、見て、画家は涙ぐむほどに感動したことがよくありました。その山塊が沈みゆく日の光に立ち会いに来ている。夕日のもとでそれぞれの石、それぞれの草木が、生まれ持った言葉で自分に話しかけてくる。そのように思えたのです。同じように子供のときのラカン〔フランスの精神分析学者（1901-1981）〕を思わずにはいられません。ある夏、彼は防波堤の上にいて、海に漂いながらきらきらと輝いている缶詰の缶に心を奪われたことがありました。この物体は自らの存在を際立たせ、強い視線でぼくを見据えているのだ。彼はこのようにはっきりと自覚したそうです。

　セザンヌに関して夕暮れの光のことを話したついでに、一般に私たちが知っているような夕日の美の観察に、より深く入り込んでみましょう。それはまた、私たちが理解している真の美はみな交差と相互作用を伴う、すなわちいくつもの水準での積極的な出会いを伴うというあの命題を検証する機会ともなります。問題の美は単に沈む日から発せられる光線からなるものでしょうか？　単なる光も明るい状態を作り、それは心地よいものであるかもしれません。しかしそれ自体として光はまだ美ではありません。「きれいな光がある」と言えるのは、それに照らされているもの、例えばより青い空や緑したたる木々、より色鮮やかに見える花々、華やかに映える壁、輝きが増す顔立ちなど、そこにあるものを光が輝かせているからです。光は具体的な形をとったときに初めて美しくなるのです。ステンドグラスや虹を通して見た時にこそ、光を十全に鑑賞できます。それは夕日についても同様です。

日没は常にどこかで、海上でも、平原でも、山の近くでも起こっています。この最後の例においては、風景の基礎をなす要素をごく容易に想像することができます。それは付き従う丘々にかこまれた主峰であり、植物が混じり合う岩々であり、すぐ近くに、あるいは地平線のかなたに浮かぶ雲、昇る薄霧の中を旋回する鳥たちなどです。このすべてが日の光の最後の光輪をつけたように包まれ、心を動かす光景をつくっています。夕日の美しさはまさに、これらの要素の出会いの中にあるのです。出会いとはしかし、ものごとを足していった総和以上のものです。ちょうどメロディーが決して音符を積み重ねただけものではなく、音符のあいだの調和からできているように——「ぼくは愛し合う音符を探しています」とモーツァルトは言っていました——夕日の光景は、それを組織的に構成する諸要素を超越し、それぞれの要素がその中で変貌したものとなっています。しかし、これでもまだ出会いの第一段階にすぎません。

高次の段階において、光景が一つの眼差しによってとらえられるとき、もう一つ別の出会いが起こります。光景が眼差しにとらえられなければ、美はおのれを知ることがありません。美はまったく無益なままであり、その完全な意味を持つ状態にはありません。ここで「意味を持つ」とは、世界が美の状態に向かうときにはいつでも、ある喜びの可能性を与える――もしくは、喜びの約束をよみがえらせる――ということを意味しています。ある主体の眼差し、一瞬のうちに美の光景をとらえるこの眼差しは、一つの新しい出会いをもたらします。今まで述べたものとは別の面に位置するこの出会いとは、記憶の出会いです。

記憶の中で、正確にはその持続の中で、ある主体の現在の眼差しはみな、その主体が美と出会ったときのあらゆる過去の眼差しと合流します。主体の現在の眼差しはまた、作品を鑑賞することのできた他の創造者たちの眼差しにも合流します。このことは私がすでに引き合いに出した真理、すなわち「美は美を引き寄せ、美を増大し、高める」に通じるものです。これを出発点とし、眼差しから眼差しへ、主体はおそらく――もし霊感が訪れてくれるならば――至高の出会い、つまり宇宙のはじまりの〈眼差し〉に結びつけてくれるような出会いを希求することになります。これは信仰を要するわけではなく、彼はおそらく本能的に、この宇宙は眼差しを授けられたものを生み出すことができたのだから、それ自身もまた眼差しを持っているはずだと感じるのです。宇宙が創造されたならば、それは自らが創造されるのを見たはずであり、最後には自らにこう言ったことでしょう――「これは美しい」、あるいはより単純に、「これでいい」と。もし、この「これは美しい」が発されなかったとすれば、人はある日、「これは美しい」と言うことができたでしょうか？

このいくらかの考察を手がかりとすると、眼差しというものは、見つめるという行為とまったく同様に、ほとんど常に時間と固く結びついていることが理解できます。この行為がある主体によってなされるとき、実際即座に他の努力が伴います。それは認識という努力です。認識は記憶に結びついています。言い換えれば、見つめられた対象は、見つめた主体のうちで、過去あるいは空想の中で彼が見たものすべてを思い出させます。さらにより深い次元においては、時間の中で明かされた自我の直観から主体が得た内密な経験を思い出させます。

これに関して私は、「眼差し regard」という名詞と「見つめる regarder」という動詞は、フランス語にあって、他の多くの言語に羨望をいだかせるような二語であるとするアンリ・マルディネの指摘を呼び起こしたいと思います。この「再び re」「保持する garder」という組み合わせが暗示に富んでいるからです。ある眺めやイメージをすばやくとらえるという事実以上に、この組み合わせは何かの再開、あるいは再生を連想させます。一度保持された後でも、新たな機会ごとに生成として発展させられることを要求する何かです。「眼差し regard」という語はさらに「配慮 égard」という観念も含んでいることをつけ加えておきましょう。それは見る存在がより深く、より親密に関わることをうながします。

それ自身が眼差しであるような〈眼差し〉の源は存在するのでしょうか？ 先ほど申しましたが、中国民族ほど非宗教的とみなされている民族でさえ本能的に、目を備えた生きものを生み出すことのできたこの宇宙は、それ自身が見る欲求と見る能力に突き動かされたはずだと感じています。ですから、中国語で眼差しを意味する「視」は、聖なるもの、天なるものの鍵を含んでいます。また、月並みと言ってよい一つの言い回し、「老天有眼（神には眼がある）」が中国民族の想像世界に根づいています。この点については先ほど、中国の詩と芸術の伝統全体がこの根本的な確信に支えられていることを私たちは確認しました。より時代を経てから、仏教は〈智慧《ちえ》の目〉あるいは〈第三の目〉という概念を導入しました。この目が生む眼差しは、主体の慧眼《けいがん》というよりは主体に宿る宇宙の意識に属するものであり、主体が空《くう》となる体験をした後で初めて得ることができます。

私たちは他の霊性に由来する他の証言を求めることもできます。その直観が私たちの目には知識の真正の形と見えるような、偉大な神秘家たちの証言です。西洋の方へと目を向けると、神の眼差しと結びついている人間の眼差し――さらに拡大して、人間の顔――というテーマについて瞑想した人たちは数えきれないほどいるということが分かります。マイスター・エックハルト〔三七頁に既出〕の言葉を引用するにとどめましょう。この一文は後にヘーゲルの関心を大いに引きました――「私が神を見る目は、神が私を見る目だ」。この偉大な神秘家の観点に立つと、神が世界を見るように見られるままになる世界を、人は見ていることになります。ただ一つの違いは、神は世界の隠された根源と見えない部分を見ているということです。この不可視の部分に、人は魂によってのみ到達できる可能性があります。ラテン語のDeus（神）は「日光」や「日の明るさ」を意味するdiesから来ていることを指摘しておきましょう。このように、世界を可視化する光は人のうちに常に二重の知覚を生じさせます。見ることを可能にする光と見える光そのものです。人が感じるノスタルジーは、この二つが互いに一致するのを見ることにあります。

目は多くの動物において美しいものです。人間の目はジュリアン・グリーン〔フランスの作家（1900-1998）〕によると、無垢の状態のときに最も美しくなります。彼は『日記』にこう記しています。「全宇宙の中で、どんな花、どんな大洋であれ、何かこれに比肩し得るものがあるだろうか？〈創造〉の傑作はおそらくここに、そのはじまりの色彩の輝きの中にある。海でさえそれほど深くはない。このごく小さな深淵の中に、世界で最も不可思議なもの、一つの魂が透けて見える。それにどんな魂であっても、他の魂とまったく同じものはないのだ」。

イスラム世界の側でも、眼差しと知覚に関して瞑想の長い伝統があります。偉大なるルーミー

〔ペルシア文学最大の神秘主義詩人（1207-1273）〕の息子でスーフィー〔イスラム教神秘主義者〕の師、スルタン・ヴェレト〔1226-1312〕から次の一節を引いてみましょう。創造主が被造物に話しかけ、真の知覚に到達するのは身体からではなく魂からであると述べている箇所です。「仲介者も同伴者もなく私の美を見ることができるほど清らかな眼差しをあなたは持っていないのだから、この美を形態とヴェールを通してあなたに示そう。名づけえぬものをあなたが知覚するには、形態を通らなければならないからだ。あなたは混じり気のないものを見ることはできない。それゆえ私の美は、あなたの視覚能力に見合うように、形態に結びつけられる。宇宙は頭が天にあり両足は地に着いている身体に似ている。同様に人間の身体もその天と星々を持つ。けれどもこの身体は魂によって生きている。目、耳、舌は魂のおかげで生き、見聞きし、話し、感じるのだ。見ること、光、生命、知覚の様々な能力――すべては魂に由来している。魂そのものを感じ取るのも、この知覚の力を介してのことだ。魂が身体を離れるとき、美、魅力と輝きはもう身体にはとどまらない。だから、美のすべては身体を通して現れはするが、魂に属するものだ。そのことを知るがよい」。

　十三世紀の有名なスーフィー詩人の一人、イブン・アラビー〔1165-1240〕は彼なりの流儀で、創造主の眼差しと被造物の眼差しの間の関係を表現しました。一篇のかなり長い詩から、眼差しの繊細な弁証法を浮かび上がらせる次の四行を聞いてみましょう。ここでもまた、語っているのは創造主です。

私は自らの知覚の対象とするために、おまえの中に知覚をたち上げた。
おまえが私を見て私がおまえを見るのは、私の眼差しによってだ。
おまえはおまえ自身を通して私を知覚することはできないだろう。
逆にもし、おまえが私を知覚するなら、おまえは自らを知覚するのだ。

創造主が被造物の中に、その被造物が創造主の業《わざ》を通して主を見ることができるように知覚をたち上げたということ、それは明らかなことと思えます。しかしながら一行目によると、創造主が被造物の中に知覚をたち上げたのは、第一に被造物が創造主自身の知覚の対象となるためです。創造主は知覚を持たぬ被造物を創り、まるで玩具で遊ぶかのように、その被造物が動くのを眺める、それで満足はできなかったのでしょうか？　それだけならば、〔創造主の側においても〕真の知覚ではなかったでしょう。生けるものたちの秩序の中で、真の知覚が起こるのは、眼差しが他の眼差しに出会うとき――もしくは、他の眼差しを通して見るときです。それゆえ、創造主が被造物を知覚するためには、被造物の方でも見ることができること、これを創造主は必要としています。

二行目はさらに明確に述べています。被造物が創造主を見るのは、創造主の眼差しによってです。被造物が創造主の眼差しに出会い、創造主を見る。すると突然、創造主は見つめる被造物の眼差しに出会い、被造物を見る。三行目がそれを確証します。被造物は自分からは創造主を見ることはできない。四行目では、被造物が創造主を見るならば、彼は本当に自分自身を見ることができると分かります。この行が述べていることを逆にして、こう示唆することができます――同様に、創造主に被造物が見えるならば、創造主は本当に自らを見ることができるのだと。この長い詩の中では、創造主が眼差しの神秘について被造物に教えていますが、それは創造主が被造物と愛の関係に入ろうとしているからです。彼は、自分自身の目を通して見るだけでは満足しないようにと、被造物に頼んでいます。その眼差しを創造主の眼差しと交わしてくれるように、文字通り被造物に懇願しているのです。ここで私は意図的に「懇願する」という動詞を使っています。どうか私を見てくださいと、そのとおりイポリットに懇願しているフェードルのことを、今思い浮かべているからです。つまり、ラシーヌの詩句を思い出しています。そこでは、フェードルがイポリットの眼差しの美しさに感銘した後で、その眼差しが自分の上にはとどまり得なかったことを、いかに嘆いているのかが読み取れます。(九)

おそらく、より情熱的なのはルーミーで、イスラム世界のこの別の神秘家は、神の眼差しとのいかなる出会いでも直ちに愛の行為と同じものと見なします。この愛のやり取りは、見るものと見られるもの、すなわち愛するものと愛されるものを全面的に一つにする恵みを持ちます。

あまりにも美しきゆえ、だれからも羨まれるあの方が
今夜やって来て、私の心のために嘆きながら
泣いておられた。そして私も泣いていた、夜明けがやって来るまで。
彼はこう言った――奇妙なことだ、私たち二人のうち、どちらが愛するものなのか？

愛においても美においても、真の眼差しはみな交差する眼差しです。それだからこそ、メルロ＝ポンティは〈交差運動《キアスム》〉という概念、まさにあの見つめるものと見つめられるものとの間の相互浸透という考えによって知覚を定義しました。孤立した眼差しは、まず美には到達できません。交差する眼差しだけが明るく照らす火花を引き起こし、創造主と被造物という極限の事例においても、それだけが主の光があらわれることを可能にします。しかし愛と美の本物の体験においても、被造物はみな創造主の品格に引き上げられるのではないでしょうか？　それほどに、交わされる眼差しは一方も他方も目覚めさせ、両者を存在させることになるのです。このことがおそらく、アンゲルス・シレジウス〔三七頁に既出〕（『ケルビムのような巡礼者』）の、以下の四行詩が秘める深い意味です。

わが神よ、もし私が存在しなければ
あなたもまた存在しないでしょう
実に私はあなたではないでしょうか
あなたは私をこのように必要とするのですから

高次の段階において、眼差しは姿形の魅惑を超えて、真の存在である魂の光に到達します。この外側から受けた光が自己の中に差し込むと内面の光となり、その光は、湧き上がり交じり合う泉の水のような交錯から成るヴィジョンの中で、他者の魂と自己の魂を見せます。この瞬間に、人は祈っているとき、あるいは忘我に浸っているときのように、両目を閉じるものです。

私はここで、ギメ美術館〔中国・日本・東南アジアなどの美術品を収めるパリの美術館〕で鑑賞することのできる、あのクメール〔カンボジアを中心とする東南アジアの民族名〕の頭像たちのことを思い浮かべています。この内面の限りない空間に関して、正確を期するために一つ付け加えておきましょう。物理的な身体に限るならば、それはひどく限定された空間です。しかし霊的な身体、つまり霊の息吹によって活気づけられた身体を認め、受け入れるならば、潜在的にはそこに無限があります。ただし、この霊的な身体が目覚め、生ける宇宙を活気づけている息吹と交流し、共鳴する必要があります。無限とは開かれた生へ向けてほとばしることを止めないものだからです。とにかく、内面の空間を避けることはできません。そこを通らなければなりません。そこからこそ、すべてが新たに輝き、広がることができるのです。問題となっている次元はまさしく魂の次元です。魂の声を聞き、魂のヴィジョンを知覚できるのは、この内面世界の深みにおいてです。クメールの頭像をじっと見つめていると、私たちの前にあるのは眼差しにすっかり没頭した顔、純粋な眼差しであり純粋な微笑となった顔であることが分かります。見えるものと見えないものが互いを養い合うヴィジョン、美の源と現実の美が一つであるようなヴィジョンを表す顔です。内面に向けられ、それから外界へと反転するもの、この顔はそのとき、もう一つ別の光、変貌の光を分かち与えることができるでしょう。

第五の瞑想

二十世紀の初めまで、芸術創造は美しきものという標章の下に置かれました。美の規範は時代によって変わることがありましたが、芸術の目的は同一のものでした。美を称揚し、明らかにすること、美しきものを創造することです。十九世紀の終わり頃すでに、そして二十世紀を通して、いくつかの要因が結びつき、この持ち札を変えることになります。その要因とは、大都会の醜悪さ、すさまじい産業化がもたらすもの、〈神の死〉という見解に基づくある〈近代性〉の意識、相次ぐ地球規模の悲劇によって引き起こされたヒューマニズムの瓦解です。これらの要素すべてが芸術の伝統的概念を一変させ、芸術はもはや、美しいと認められてきた美しきものを称揚するにはとどまらなくなっています。一般化した表現主義のようなものによって、芸術創造は、より早く覚醒を迎えた文学を手本に、生けるものたちの実在全体、人間の想像力の世界全体を相手にしようとしています。様式の面を除いて、もはや美を唯一のねらいとするわけではありませんから、芸術創造は最も過激な断絶やデフォルマシオン〔対象を変形して表現し、効果をねらう技法〕に訴えることをためらいません。

しかしながら、「響きと怒り」の中での爆発という一般的な印象にもかかわらず、美の黄金の糸はすっかり途絶えたわけではありません。例えば〈具象派〉であれ〈抽象派〉であれ、最も知られている画家だけを挙げてみても、ブラック、マチス、ピカソ、シャガール、ミロ、ボナール、ドラン、マルケ、モランディ、バルテュス、ド・スタール、カンディンスキー、ドローネー、バゼーヌ、アルトゥング、サム・フランシス、ロスコ、マネシエ、スーラージュ、ザオ・ウー・キーがいます。彼らを通して、もしくは彼らを超えて、過去の経験への参照は今でも有効です。

私はここで、現代の悲劇への鋭い感性を持つある人、詩人で画家のマックス・ジャコブ〔ナチスの強制収容所で死去(1876-1944)〕の観点に言及したいと思います。詩集『水晶の人』の中で、彼は実に簡潔な言葉で書いています。

私の死に顔に私の学業の跡が見て取れるだろう。
そして、あらゆる美に憧れた私の心の中に

大自然から入ってきたものすべても。
それはいくつかの旅であり、平和と海と森だ。

『最後の詩篇』の中で、彼は自分の郷愁に触れています。「色あせた青い上っ張りを着た五歳の子供がアルバムに絵を描くだけで充分だ。そうすれば、何かの扉が光に向かって開かれ、再びお城は築かれ、ただ黄土一色だった丘が花々で覆われるのだ。」

その名に値する芸術創造は実在するものすべてを凝視するものですから、二つの意図を抱き続けなければなりません。創造は確かに、生の荒々しく、苦しんでいる部分も、この生が生み出すあらゆる逸脱の形も表現しなければなりません。しかし創造は同様に、生ける宇宙が秘めている潜在的な美を明らかにし続けること、これを務めとするものです。それぞれの芸術家は結局、ダンテによって定められた使命、つまり地獄も天国も一緒に探ることを成し遂げねばならないでしょう。もっとも、この潜在的な美の存在の証拠の一つは芸術創造そのものの中に認められます。この創造の中で、形と様式の美の探求は――たとえこの美が必要であるが決して十分ではなくても――芸術作品を人間の功利的な他の生産物から区別するしるしです。本物の芸術はそれ自体が精神の獲得物です。それは人を創造主の品格にまで高め、運命の暗闇から感動と喜びの記憶すべき閃光、情熱《パッシオン》と同情《コンパッシオン》のひらめき――人と共有できる光――をほとばしらせます。常に更新されるその形態によって、真の芸術は開かれた生へと向かい、習慣の障壁を打ち壊し、生きて感じ取る新しい流儀をもたらすのです。

芸術という言葉を口にするとき、私は詩や絵画と同じように音楽も考えます。西洋の音楽にはこの上なく卓越した地位を与えるものです。これらすべての分野において、人に与えられた天分はその最高度の表現に達することができました。それは、芸術とは常に一見暫定的な一つの今、そしてここでという相が結晶化したものであり、時間の内に到来したものとしてのある現前の高まりだからです。偉大な律動を再び活性化するものである、あの現実と化した形相によって、芸術は人間にとって運命と死に立ち向かうための至高の手段となります。それはなにごとにおいても、他のタイプの活動や社会参加の価値を奪うものではありません。単に芸術はその固有の存在によって、〈物自体〉〔哲学者カントの用語〕によって、自らを正当化する天性を持っているのです。芸術において、人は自分がこの地上で存在するための理由を見つけ出すことができます。ここでボードレールの、今や有名になっている詩句を思わないわけにはいきません。

それは無数の見張り番が繰り返す一つの叫び、
無数の拡声器が送り伝える一つの命令。
それは無数の城塞の上にともされた一つの灯台、

大きな森に踏み迷った狩人たちの呼び声！

なぜならば、主よ、それこそまさに、おのれの尊厳を
われらが示すための格別な証しなのですから、
世から世へと流れては、あなたの永遠の岸辺に
たどり着き息絶える、この熱烈なむせび泣きこそは！

〔詩篇「灯台」の最終部分〕

詩人はここで、西洋の絵画芸術の栄光を形作った偉大な画家たちに賛辞をささげています。私のアプローチもそれにほぼ近いものとなるでしょう。他の様々な芸術領域への有効な参照は決して怠るつもりはありませんが、私には絵画に重きを置く傾向があります。それは美というものに関して、この視覚芸術は明白に分かる強い力で私たちに働きかけてくるからです。この絵画という芸術こそが何世紀もの間、最も具体的で、最も論理にかなった考察を生み出してきました。それだからこそ、私はこの考察の中では、自分が多少は心得ている思想の二つの伝統、西洋の伝統と中国の伝統に論拠を求めることになります。ちょうど前回の瞑想の際にそうすることを始めたようにです。今回は特に美学的思考――もしくは芸術の哲学――を検討してみましょう。私たちが一世紀前から落ち込んでいる全面的な混乱にもかかわらず、芸術創造が生み出す美の輪郭を浮

かび上がらせるために、いくつかの価値概念を引き出すことがまだどの程度可能であるか、これを確認することに私の目的があるからです。

これは決して体系的な研究ではないことを明確にしておきます。現在の枠組みでは、それは可能とはならないでしょう。重厚でアカデミックな資料の背後で身を守り、いかなる細部もおろそかにしないことに心を配っても、私には本質的だと思えることを隠すのに役立つだけです。なにか分からない自己愛的な傾向を東洋と西洋の側で助長するために、もう一度、しかも頑迷なやり方で、双方をその相違において対峙させる、このようなことが目的ではありません。それはもう終わりです。私たちがそこにとどまっているならば、賭けは不毛であると判明するでしょう。もちろん私は双方の相違が浮き上がるようにはしますが、その相違を補完性という観点に置き直すように努めます。個々の存在や文化が独自のものであるゆえに、多様性は人間の条件そのものであり、人間の豊かさであり可能性であること、これをどうして否定できるでしょうか？　しかしながら、私は充分に長い間生きて観察し、理解するに至りました。とても深い部分においては、人が美しきものに向かおうとする努力は普遍的な性質を持っているのだと。来るべき世紀を画する重要な対話も、対立ではなく寛容の精神で行われるだろう、それこそが唯一の価値ある道だから——私はそう信じて疑いません。美に関する西洋の思想はよく知られていますが、その中から、私にとっては重要と思われる点をいくつか挙げてみましょう。またここでは、中国の美に関する思想をより強調いたしますが、好みからそうするわけではありません。より深い対話を目指して、単に私が個人的によく知っている一点を書類に付け加えようとするだけです。

ギリシア人の時代から、デカルトを経て、近代の合理主義に至るまで西洋に君臨してきた思想の主要な流れに関して、ごく図式的にはこう言えるでしょう。それを特徴づけてきたもの、そして多くの点においてその偉大さとなっていたもの――一世紀前から、哲学の面においてはその限界が測られてきたのですが――それは二元論的な思考方法、つまり精神と物質、主体と客体の分離に基づいた二元論です。これは段階としては必要な分離であり、人類全体が享受することになる実証的な知識の獲得を可能にしました。観察し、分析すべき客体の確立は、論理学と科学的思考に行きつきます。主体の確立の方は、その社会的規定を守る権利を周到に作り上げ、実効的な自由へと行きつきました。

美学の領域において、この明確すぎる分離は極めて豊かな考察を生み出しはしましたが、主体と客体が絶え間ない往来の中で関わり合い、相互的な変貌を持続して引き起こす、そういう有機的なプロセスを検討するタイプの思考展開には、常に有利に働いたわけではありません。芸術創造という現象の輪郭をとらえ、美の基準を定めようとする思考が続く限りは、客体の優位を表明するか主体の優位を表明するかのあいだに、揺れやためらいのようなものがあります。大いに単純化することになりますが、古代ギリシアから十八世紀までは、芸術創造を規定すべき美の理想は客観的な基準に基礎を置くように努めてきたと言うことができます。それは芸術が「自然」をモデルとしている、この上なく高貴で、高揚感やインスピレーションを与えてくれる大自然をモデルとしているからです。

プラトンは『パイドロス』の中で、このように言っています。美がものごとの中に現れるのは、それらの「純粋性、単一性、不動性、至福を通してであり、そのような属性といえば、手ほどきされて初めて、清く輝く光の真中で、最後に私たちの目に明かされて現れるものに属している」。アリストテレスは『形而上学』の中で、より具体的な基準を表明しながらも同じ立場を取っています。「美の最も高度な形態は秩序、均整《シンメトリー》、〈定義されたもの〉であり、それは特に数学による科学が明らかにするものである」。探し求められている調和、必要とされる対比、さらには正しい比率という観念をもたらす「秩序、均整、定義されたもの」というこの客観的な原理は、異論のない規律であり続けます。後になって、バロック運動が確かに解放の一つの形となりましたが、それでも基礎となる規律を検討し直すことにはなりませんでした。

十八世紀を通して西欧の様々な国で、芸術における美しさの問題が再考の対象となり始めます。美についての論考の中で、シャルダン〔フランスの画家(1699-1779)〕の賛美者であるディドロ〔フランスの啓蒙思想家(1713-1784)〕は、より新しい眼差しという意味で新味のあるいくつかの知見を交えながら、まだ基本的には古典主義的な論の進め方をします。しかし、作品の内的構造に関して私たちが先に見たように、作品から発散する美しさは〈関係〉の中にあると主張しています。また、芸術は〈模倣〉を超えて、現実の中では見えないものを自然の中に見ることを私たちに教えてくれる、そんな考えを提示しています。ディドロが最も大胆になるのは「天才」についての論考の中です。「天才とは自立的で、自由で、おのれ自身の法則を作り出す主体である。あらゆる規則や拘束は、悲壮なるもの、野生なるもの、そして崇高なものを作り出す彼の創造力を消してしまう」。

しかしながら、この十八世紀については、私たちの眼差しを再びドイツに向けなければなりません。そこにおいてこそ、ドイツ観念論と呼ばれる哲学上例外的な時代が起こるからです。十八世紀の半ばから十九世紀初期の数十年まで、三世代の思想家たちが次々と現れ、私たちがここで関心を寄せる主題に関して問いかけを行い、情熱にあふれ、かつ情熱をかき立てる探求を企て、ロマン主義と呼ばれる文学・芸術運動の誕生に寄与することになります。私たちが行ってきた考察の続きのために、手短に、不器用になるのは避けがたいのですが、この運動を要約してみることは有益ではないかと思います。

しかるべく、まずは一七一四年生まれでヴォルフ〔哲学者・数学者(1679-1754)〕の弟子であるバウムガルテン〔美学の創始者とされる哲学者(1714-1762)〕から始めてみましょう。有名な『古代美術史』の著者ヴィンケルマン〔考古学者・美術史家(1717-1768)〕とまったく同時代の人です。一種の感性の科学である美学〔原義は感性学〕に関わる学科が創設されるようにという願い、これを最初に表明したという功績が帰するのはバウムガルテンです。彼が見るところ、美とは感知できる真実の形でした。彼の後すぐに、ドイツの思想家たちは、美の問題について熟考することを自らの義務とすることになります。

カント〔1724-1804〕自身もその例外ではありません。彼はその偉大なる〈批判〉シリーズに、人が美しきものを理解する流儀をあつかった『判断力批判』を加えることになります。厳密さと明快さが目覚ましいこの著作において、哲学者の視点は、美しいものや芸術作品を前にして、その価値を見定めようとする観覧者が持つ視点です。創造のプロセスに身を投じ、自らに向けられた挑戦のように意識的に美に立ち向かう創作者の視点一辺倒というわけではありません。これは理にかなっています。この哲学者の一般的なやり方は「二元論的」になるからです。彼はあるものを知ろうとして客体に正面から近づく主体の立場にいます。人間の知識がどこまで進み得るのか、これを彼がどれほど明晰に測ることができたかは周知のとおりです。しかしながら、彼はその哲学的熟考を押し進めて、〈物自体〉、それ自身であるがままのもの、を人は知ることができない、と主張するに至ったことも知られています。

この哲学者にとって、私たちの「趣味」〔「好み」や「嗜好」と訳す方が分かりやすいと思われるが、カント哲学においては「趣味」が定訳〕こそが美しきものの評価を可能にする基礎的要素です。彼は次のような美の四つの定義を私たちに与えてくれます。「美は私利私欲なしの充足の対象である」、「概念を用いずに普遍的に気に入られるものは美しい」、つまり美を証明することはできない、ただそれを感じることができるだけです。「美はある客体の合目的性の形である。ただしそれは、目的の表示なく合目的性が知覚される限りのことだ」、つまり芸術作品はある有用な目的を目指すものではありません。「ある必要な充足の対象として、概念を用いずに認められるものは美しい」、つまり私たち一人ひとりが、必然的にそれを感知できなくてはなりません。

私たちにとって、この四つの定義ではおそらく不充分です。ある主体の欲望と精神が美と格闘しているとき、その存在の動揺のすべて、主体の内部で起こる潜在的な変貌のすべてを理解するには不充分です。

師のカントに対抗して、フィヒテ〔1762-1814〕は、人間の認識する精神の基底そのものに〈物自体〉がある限りは、ある程度まで私たちはそのものを知ることができると断言します。おのれの中に知識の可能性を汲む熟考する主体を称揚し、彼はあるシステムを構築しますが、それは最後には自我以外の実在がない絶対的な観念論となります。

今度は師のフィヒテに対抗して、シェリング〔1775-1854〕が、三つの世代に渡って繰り広げられてきた弁証法的な激しい賭けをいわば完遂します。シェリングは認識し、行動し、創造する主体の重要性に確信を持っていました。彼はまた、「歯止め」なき主観主義は恣意的なものに陥り、生の真実とは反対の道に行きついてしまうことも知っていました。人間の意識には、夢想にふける共犯者や何ももたらさない反対者ではなく、パートナーであり対話の相手であるものが必要です。この最後のものは、人間の熱意のままに恣意的に選ぶわけにはいきません。それは生の源そのものであるべきです。シェリングにとって、それは「自然」となります。彼はそれにギリシア人たちが*Physis*〔ピュシス、「自然本来のもの」の意〕という語に与えた意味に近い意味を与えました。彼の目に「自然」とは、可能性を秘め、隠されたままのその深みにおいて、ただ受動的、隷属的な実体、単なる原料の源ではなく、さらに悪く言えば人間のための飾りものの枠組みといったようなものではありません。それは原初の力、宇宙の力であり、神聖で永遠に創造する原理に属するものです。その「自然」と、絶えることのない、手のかかる対話を結ぶことにより、人間は生と創造の真正の道にあることを保障されるのです。

シェリングの思想の要点は、一八〇〇年に刊行された著作『先験的観念論の体系』の中に表明されていることが分かります。彼は真の芸術創造を至高の位置に、純粋な哲学的思弁の上位にさえ置いています。〈絶対〉を知ることを渇望し、〈精神〉、つまり人間の内に宿る精神は、ある探索に乗り出しますが、その目的は自己の同一性と世界の同一性を探し求めることです。あの自己と世界とが一致する高次の同一性は、ただ芸術だけがそれを実現することができます。創造する行為において、芸術家は素材の中で理念を客体化し、そのことによって逆に素材を主体とするからです。したがって芸術の中で、精神と自然、主体と世界、個別と普遍といった対立、見たところ相いれず対立するものが結びつけられるのです。偉大さに達する作品は無限の意図と潜在性を含みます。そのような作品はまさしく有限の中の無限の姿であり、相反するものが解消されて安らぎとなるただ一つの場です。シェリングは私の見るところ、西洋のあらゆる思想家の中で、芸術に対する見方が中国の文人画家を養ってきた見方と最も近い人です。ただし、〈気〉の概念に基づく中国の思想にとって、〈絶対的同一性〉という観念は、なにかあまりにも固定的で静的なところがあるということは言えます。また、残念ながらシェリングの思想は、その相弟子であるヘーゲル〔1770-1831〕の思想によって早くに霞んでしまいました。ヘーゲルの天才ぶりは、進むところすべてを一掃してしまいます。

人が〈他者〉――〈自然〉や〈生ける宇宙〉――へと寄せる敬意、そして二人の対話者のあいだの誠実で有益なやり取り、このようなものに基づいた脆い均衡は、ヘーゲル哲学の圧倒的に重い体系によって崩されてしまいます。もちろん、ヘーゲルの思想の偉大さはすべて周知のことです。しかし、このことは敢えて指摘しておきましょう。この哲学者によると芸術創造と宗教の消滅を引き起こすだろう〈絶対的理念〉の勝利を見越すならば、主体‐精神が自己超克することを可能にする否定としての客体は、もはや一種の「暫定的な踏み台」や「功利主義的な口実」のようにしか見えず、シェリングにおけるように、対立物や建設的な要求をもたらしながら持続することを運命づけられた実体であるようには見えません。対話するもののあいだで、共に変化するために、生の原理にしたがって生じるものこそが重要である——このことを特に芸術において認めるとすれば、ヘーゲルの弁証法は厳密に言うと「対話による」ものではありません〔「弁証法」は語源的に「対話・問答」する術」〕。

ヘーゲルの後、美学的思考の領域では、ニーチェ〔ドイツの哲学者（1844-1900）〕がディオニュソス風〔ギリシア神話の酒神ディオニュソスが象徴する激情的なものを指す形容〕の生のエネルギーを賛美する一方、ベネデット・クローチェ〔イタリアの哲学者（1866-1952）〕は人間精神の主観的表現をクローズアップします。逆説的に——あるいは、むしろ幸運にも——この同じ時期を通して、芸術家たちの方は、また特に印象派の画家たちは、大自然と真の対話を結ぶ必要性を直観的に理解しました。ピカソやモネ、ファン・ゴッホ、ゴーギャン、ルノワール、シスレーのような画家はそれぞれ自分なりの流儀で、再び見出された大自然の尽きることのない資産によって活気をえて、自らの視覚の極みにまで進みました。

他の画家たちと比較をするつもりはまったくありませんが、それでも私はセザンヌのケースを強調することにします。サント＝ヴィクトワール山の岩や木々を描こうと試みたとき、彼は深みに向かって、さらに遠くまで行ったように思えるのです。大気の時間を超えて、彼は地質の時間の中に潜り込み、再び上昇するあの地球の力に内側から立ち会いました。始原の暗闇から日差しの明るみに至るまで、地球が内に抱える多様な形をしたものが、律動的に広がってゆくまでです。そのようなものの形は、太陽が散乱させる、あの光の魅惑的な戯れによって、さらに多彩なものとなりました。

　セザンヌにおいて、美はあらゆるレヴェルの出会いで形成されています。描かれた自然のレヴェルにおいて、それは隠されたものと明示されたものの出会い、動くものと不動との出会いであり、芸術家の振舞いのレヴェルでは、添えられたタッチのあいだ、塗りつけられた色合いのあいだの出会いです。さらにこの全体の上には、ある特別な恩恵の瞬間における人間精神と風景の精神との決定的な出会いがあり、その合間には、あの何か震えおののき未完なるものがあります。それはまるで芸術家が、とらえられ与えられてあるもの、その何かに宿ることのできる未知の訪問者がやって来るのを待ちながら、自らを留保に、あるいは受容にしているかのようです。

　そうです、二十世紀の夜明けに西洋において屹立しているのは、この特異な人物です。彼のもとになら、幾世紀を超えて宋と元の偉大な師たちが、喜んで語らいにやってくることでしょう。異論の余地なく、セザンヌの作品は中国の風景画の偉大な道に最も近いものです。その作品は充分に大きな器であり、西洋と東洋という二つの伝統が認め合い、互いを豊かにすることのできる合流の場、しかも共同の変革という観点においてそれが生じ得る場となっています。なにしろ、西洋の側ではキュビスム〔二十世紀初頭に起こった美術思潮。対象を複数の角度から分解・再構成する技法は現代美術に大きな影響を与えた〕でさえも、セザンヌの作品に含まれる豊かさすべてのうち、表層的な部分だけしか活用しなかったほどなのです。

　現象学的な思考――〈物への帰還〉というあの試み――の登場以来、メルロ＝ポンティのような人がセザンヌの体験にならって、知覚と創造の現象を研究しようと思ったのは、まったく驚くに値しません。画家の足跡をめぐり、サント＝ヴィクトワール山のふもとでひと夏を過ごしながら、彼は知覚・創造する行為はすでに私たちが何回か触れた概念、〈交差運動《キアスム》〉から生まれることに気づきました。それは眼差しの交差から作り出されるものであり、その交差は身体と精神の交差を引き起こします。この全面的な出会いの戯れの中で、見つめる主体も同じく見つめられています。だから、見つめられる世界もまた〈見つめるもの〉であることが分かるのです。現前する二つの実体のあいだで、件の交差は相互浸透に変わります。真の知覚－創造が生じるのはまさに、身体と身体をぶつけ合うこと、精神と精神をぶつけ合うことを通してです。

　これもまた現象学の知的領域においてのことであり、自身ではその類縁関係を全面的に認めているわけではありませんが、ハイデガー〔ドイツの哲学者（1889-1976）〕も、ある種の教訓をセザンヌや、さらに遠くからは老子のうちに汲んでいます。芸術作品の性質や意味について熟考しながら、彼はとりわけ空の壺のイメージに訴えています。壺は単純なものながら、まさにその単純さにおいて、地と空を、人間的なるものと神々しいものを繋いでいます。その名に値する芸術作品はみな、この〈結びつき〉の力を備えています。私たちはそこに、ハイデガーが大いに研究したシェリングの思想への反響を聞かないわけにはまいりません。

　このことはみな、芸術創造についての西洋思想の一般的な方法に関わるものです。この思想はもちろん、その実践の具体的な探求においてはより遠くへと進みました。綿密に体系化された芸術史に基づいて、西洋思想は様式とジャンルを区別するための要素を、形式と構造を画定するためのモデルを、作品の制作における様々な手法を叙述するための修辞的文飾――隠喩、換喩、アレゴリー、象徴等――を提案してきました。私はこれから、簡潔なものではありますが、西洋芸術の方向付けを仕切ってきた最初の二つの概念、つまり〈ミメーシス〉と〈カタルシス〉にさかのぼりたいと思います。

ミメーシス（模倣）という用語は数多くの解釈を生みました。ここでは、プラトンとアリストテレスがそれに与える意味に限定します。プラトンの哲学において、ミメーシスは相反すると言ってもよい二つの意味を持っています。一方でそれはオリジナル通りの写しの技術であり、他方では見せかけの外観の技術です。芸術家が人間の身体比率の規範に合った作品を生み出すならば、彼は真の作品を創造することになります。この点について明確にしておきますが、古代ギリシアにおいて芸術の主要な形態は彫刻であり、そこでは何よりもまず人間の身体が称えられています。背後に神の手が予感される、この美と欲望の理想化された像の中では、外観と根底は一体となっています。

それとは逆に、芸術家が客観的な真実から遠ざかるならば、類似が技巧、幻影、見せかけであるような作品を作ることになります。このだまし絵（トロンプルイユ）の術はプラトンに断罪されています。だから、この哲学者が『国家』の中で考えているような「理想都市」から、画家と詩人は排除されることになります。

アリストテレスはプラトンが取ったこの二分法を拒絶しますが、すべての芸術の原理はミメーシスにあると自著『詩学』の中で主張しています。芸術は素材（質料）を通してかたち（形相）として現れる、また芸術家はかたちを与えるために素材を加工するので、必然的に素材もかたちも支配し熟知するようになる、そのようにこの哲学者は心得ています。ですから彼は、ミメーシスの働きは認識のプロセスであると主張することができるのです。

芸術家の中には、この再現するという気づかいが抱かせる元々の態度があります。この気づかいが西洋芸術の精神を規定しました。再現することのできる人は、自らの内で技術的な手柄を称揚します。素材を知り、かたちを再創造できる人は、世界を掌握しようとする自分の欲望を常に、より一層研ぎ澄まします。ミメーシスの観念はあらゆる文化に存在しますが、おそらく特有の意味があのようにごく早く目覚めたことによって、実践的な面でそれが極端に大きな影響力を持つようになったのは西洋においてです。十九世紀までの西洋の絵画と彫刻を――音楽は別にしてですが――総合的によく見てみると、その骨組みを浮かび上がらせることができるように思います。夢の状態、もしくは純粋な交感の状態を作り出すことよりも優勢な傾向は、真実を語る造形によって現実を手なずけることを目指すものです。この技術を活気づける精神は征服の精神です。と言っても、この言葉を決して軽蔑的な意味合いで使っているわけではありません。確かに征服の精神は排他的で過度になると、創造する者を盲目にし、芸術が彼に期待する務めをそのまま果たすことを妨げてしまいます。しかしながら、その最良の部分において、この精神は西洋の芸術の偉大さを形作りました。それは認識の偉大さです。まず、実用的な偉大さとしては、光学的な効果と大気現象の綿密な観察記録、鉱物・植物・動物の構成要素の分析があります。そして征服の中の征服は遠近法則の正確な公式化です。

けれども、私たちが強調したいのは他の次元の認識です。ギリシアとユダヤ・キリスト教の伝統を受け継ぐものとして、西欧の芸術は人間の惨事や憧れが演じられている風景、人間の身体そのもの、輝くばかりの悦楽の肉体はもちろんですが、残虐さと嘲笑の犠牲として暴力と苦しみにあえぐ身体、生贄と贖罪の希望へとささげられた身体もまた、倦むことなく表現してきました。

風景や身体の表象を超えて、西洋の芸術は世界のあらゆる芸術の中で最も顔というものを凝視し、顔の神秘のあらゆる面を探ってきました。感動を与えるその美しさの神秘、醜悪な渋面へと移り変わるその働きの、同じように強く幻覚を誘うような神秘。美と醜悪のあいだで、顔にはすべての段階の表情が集結し、それらを通して、明かされていなかった生、すなわち優しさ、有頂天、歓喜、躍動と探求、恍惚、孤独、憂鬱、怒り、悲嘆、絶望などが名乗り出ようとします。この神秘を探ったすべての人々の中で、ルネサンス期の偉人たちの後に来たレンブラントは確実に、最も卓越した場所を占めるに値します。

カタルシスの概念と言えば、やはりアリストテレスによって、『詩学』の中で情念に関して考察されたものです。このギリシア語の用語は演劇、特に悲劇に結びついていて、情念の浄化を、語のほぼ医学的な意味では下剤で通じをつけることを、そしてさらに高尚な意味においては宗教的な清めの儀式を表します。観客は悲劇の上演に立ち合い、心の中でそれに参加するからです。彼はあらゆる種類の感情を抱き得るのですが、その主なものは恐れと同情でしょう。ドラマの終わりで、被った不正が償われるか、犯罪者が後悔に襲われたり罰せられたりするとき、観客は安堵を覚えます。もし悲劇が人間の運命の神秘を深く探求することに成功し、観客が〈聖なる恐怖〉を経験するならば、そこから生ずる浄化は内面の急変、精神的な高揚として理解すべきです。

古典時代にギリシア悲劇の発展において生じた進化――運命の優位が、人間の良心の葛藤に道を譲るようになるという進化です――がいかなるものであれ、聖なるものがそこには現前しています。舞台上の行為を解説し、それを嘆いたり喜んだりするもの、また天上の力を祈願したりするものは、とりわけ合唱隊《コロス》の声です。この天上の力は、冷ややかで譲歩しない顔つきをしているようですから、そこにドラマチックな緊張が生まれます。この方便により、人間は神なるものの尺度で自らを測ります。死すべき者の条件は、神々の条件に照らし合わせて理解されるというわけです。死はここで、超えることのできぬ境界線として掲げられると同時に、逆説的にではありますが、超越の希望そのものとして示されます。死は実際に唯一の贖《あがな》い、あるいは変貌の可能性として与えられます。すべての悲劇の根底にはオルフェウスの神話が潜んでいて、キリストの受難の予兆となっています。この受難はどんな信仰の問題も超えて、西洋の想像世界につきまとうことでしょう。

このような観点が私たちに示すことは、ただ精神的な激変と変貌だけが、ある種の人間の悲劇が美へと変わることを可能にするということです。私の見るところ、ギリシアの悲劇はその根拠となっています。ギリシア悲劇は私が言及した偉大さに貢献しています。この偉大さが後に芸術の伝統のあらゆる形態——演劇、文学、絵画、音楽、舞踊——に浸透することになります。

西洋芸術の伝統は、その絶え間ない発展と、伝統に伴う長い理論的な考察によって特徴づけられますが、それに対比できるものとしては、中国芸術の伝統以外には、ほぼ例は見当たりません。三千年近くに渡って、中国は目覚ましい持続性を持つ芸術創造を体験してきました。それに劣らず注目すべきことは、中国がこの長い何十世紀もの間、思想家、それから芸術家自身による理論的テクストの驚くほど大きな資料体を作り上げてきたことです。それは特に詩歌と習字、そして絵画の分野においてです。この三つの芸術は密接に関連し合う総体を維持してきました。そして十一世紀頃に文人画と言われる絵画が生まれる頃には、一つに統合された実践を形成するようになります。文人画家たちは以後、自分たちの絵に、見事な書体で記した詩を添える習慣を持つようになるのです。この渾然一体化した芸術は人間精神の表現をあまりにも高みに押し上げたので、中国人はそれを人が達成できる至高の表現形式と見なすようになりました。

この独特な伝統を観察していると、私はカントを注解したくなります。ただし彼の主張を逆にしてです。私ならばこう言うでしょう——美の認識は普遍的なものであり、いろいろな概念に基礎を置いている。美の認識は利害に基づくものではないが、独自の合目的性を有している——。それは、奇妙なことに、ともに実践的な体験につちかわれている詩の理論、またさらには絵画の理論の中でこそ、中国人の思考は最も多くの考えを生み出し、そのうちのあるものは一般的な効力をもつゆえ、真の概念であるからです。

美の合目的性、少なくとも芸術、つまり大自然に含まれる美からその本質を実際に引き出すような芸術が生み出す美の合目的性に関して申しますと、古代の中国人は疑うことなく信じていました——最も正しい生がそこにあり、地上の運命をもってしてもその生にたどり着くことはできるのだと。その最も高度な状態における芸術の美の合目的性は審美的な喜び以上のものです。それは生きる糧を与えるということです。十一世紀の偉大な画家郭熙《かくき》〔北宋の画家、生没年未詳〕は、こう言っていないでしょうか？——「多くの絵は見られるためにそこにあるが、最良の絵は霊媒空間を与えてくれるものであり、人はそこに際限なく滞在できるのだ」。別の次元にあるこの滞在地では、死ぬことは「不可視のもの」に戻ることを意味しています。

　これほど恒常的な信念と、大きな欠落部分にもかかわらず実際に得たこのような経験は、おそらくしばし注目するに値します。これはようやく始まろうとしている極東と西洋の重要な対話の書類に添えるべき一点です。この瞑想の限られた枠組みにおいては、私は三つの基本的な概念を喚起するにとどめましょう。それは氤氳《いんうん》[一〇]〈統合する相互作用〉、気韻〈律動的な息吹〉、そして神韻〈神々しい響き〉です。これらの概念は有機的かつ階層をなすように互いに結びつき、ある基準の三つの水準、もしくは三つの段階を構成します。この基準を起点に中国の伝統は作品の価値を判断し、それによって一般に美の真実を判断しようとします。

　しかし、それらの解説に取りかかる前に一度回り道をして、繰り返しになる恐れはありますが、中国人の考え、その展開の仕方特有の性質に関してすでに述べたことを、どうしても思い出す必要があります。繰り返すことには、重要点を確認しつつ何歩か前に進むことが可能となるという利点があります。だから次の点を繰り返しておきましょう。質料〔個物を構成する要素で、形相の対概念〕にして精神という気〈息吹〉という観念を起点として、中国初期の思想家たちは、すべてが結びつき支え合う〈生ける宇宙〉の統一的かつ有機的な概念を提案しました。気は基礎の単位となると同時に、生ける宇宙に存在するものすべてを絶え間なく活気づけ、タオ〈道〉と呼ばれる息づく生の巨大な網の中で、すべてを結びつけています。タオの内で、気の働きは三要素から成ります。それは始原の気が、生けるものの総体を相互作用によって統御する三つのタイプに分かれるからです。三つとはすなわち、陰の気、陽の気、そして冲気〔真ん中の空（くう）の気〕です。活動的な力を体現する陽と受容する柔らかさを体現する陰は冲気を必要とします。冲気はその名が示すように、出会いと循環を仲介するために必要な空間を体現し、陽と陰が効率的で、可能な限り調和的な相互作用に入ることを可能にします。

以上の概観は、当初からすでに、優勢な中国的思考——道教信奉者においては〈冲気〉の考え、儒者たちにおいては〈中庸〉の考え——は二元論を超克することを目指したものだったことを、必要に応じて私たちに思い起こさせます。今日、私たちは中国思想に欠けていたもの、中国が西洋から学ばねばならないものを、より明確に見て取ることができます。また逆に、美学の理論——美に関わるもの、さらに限定すると芸術創造に関わるもの——については、中国はかなり早熟だったと思われます。あの三項から成る思考法はごく早くに、美はまさに三要素から成る性質のものだと理解しました。すでに述べたように、客観的に美しきものが存在すること、そのような美を形容する別の——より些細な——言葉がいくつもあること、それを決して中国人が知らないわけではありません。けれども彼らが見るところ、真の美——生成して明かされる美であり、そこに現れるものであり、それをとらえる者の魂に不意に触れるような美——とは二つの存在、もしくは人間の精神と生ける宇宙との出会いから生ずるものです。そして美の所産は常に〈あいだ〉から生まれ、相互に応え合う二からほとばしり、その二が自己を超えることを可能にする三です。もし超越性があるならば、それはこの乗り越えにあります。

これもまた三項から成る精神に関することですが、中国の修辞学の伝統、そして美学の伝統においては、概念や文飾はしばしば対になって働くということを指摘しておきます。例えば「陰陽」「天地」「山水」など、同じタイプの二つで対を成す二項関係は、ある意味では三項の表現そのものです。なぜならば、それは二つの要素それぞれが持つ観念を表現しますが、同様にその二つのあいだで起こることの見通しも表し、双方に自己超越の可能性を与えるからです。この観点から修辞学上の中心的位置を占めるものとして、対《つい》概念の〈比興《ひきょう》〉（比べる－興《おこ》す）、より後には〈情景〉（感情－景色）があります。

最初の対概念〈比興〉は『詩経』についての注釈の伝統の一部を成すものです。この『詩経』は中国文学最初の詩選集です。紀元前六世紀頃に――おそらく孔子によって――編纂され、私たちの西暦が始まる千年以上も前にさかのぼる作品を含んでいます。三百以上の詩篇全体が、何世紀か後に注釈の伝統を生み出しています。この第一の対《つい》をつくる二つの主要な文飾の働きは、詩の技法を分析するものでした。単なる修辞学上の文飾というよりも、主体と客体の関係を強調しているという意味において、この二つは実際には紛れもない哲学的概念です。「比」（比べる）は詩人が自然の中から、自分の感覚や感情を――つまり主体から客体へと向かう動きを、例証したり体現したりする要素を選ぶというものです。「興」（興《おこ》す）の方は、自然のある光景が詩人の心の奥底で、ある思い出や情動を――つまり客体から主体へと向かう動きを、指し示すものです。両方が一緒になると、詩の到来を統べる往還のプロセスを引き起こす対を形成します。その詩は純粋な主観的投影でも、純粋な客観的描写でもあり得ないでしょう。中国的な観点においては、この意味深い実践である詩というものは、人と〈生ける宇宙〉を深みにおいて関係づけることであり、この宇宙は相棒であり主体であるものと見なされているのです。

第二番目の対〈情景〉（感情－景色）は、より遅い時期に発展しました。それはいわば第一の対に、よりダイナミックな内容を与えながら、その適用範囲を広げることになります。この二番目の対は実際に、詩歌と同様に絵画や音楽にも有効です。それは人と自然の相互的な生成の弁証法的関係をいっそう強調します。人の感情が風景の中に展開され、風景の方には感情が授けられるのです。双方が相互関係における変化、共通の変貌のプロセスにとらえられます。

中国の詩学を築いたこの二つの対から出発して、理論家たちは何世紀にも渡って、ジャンルや文体と同様に、様々な種類の着想や表現様式などを識別するために、綿密な分析の作業を怠りませんでした。

しかし、ここで私たちの主要な目的から遠ざからないようにしましょう。

中国的思考の基礎を呼び起こし、その詩学についていくつか詳しい説明をすることで、このように充分に長い回り道をしてきましたが、私たちが最初に言及した三つの根本的概念に取り組む時がついにやってきました。その三つとは、氤氳《いんうん》〈統合する相互作用〉、気韻〈律動的な息吹〉、そして神韻〈神々しい響き〉です。中国の美学によると、その名に値する芸術作品――より正確には絵画と詩歌――ならばみな、この三つの概念が指し示す性質を持っていなければなりません。ですから、これらが作品の価値を判断するための基準となりえます。ところがここで、ある疑いがまた一瞬、私たちをとらえます――芸術作品を評価するために価値基準を提唱することなど本当にできるのでしょうか？「人それぞれに好みあり」という世間に共有される考えは、この趣旨でのあらゆる努力を断念させるに充分ではないでしょうか？それにまた、芸術作品はある形式を備えていますが、この形式は内容より上に立ち、真の価値を探し当てることを可能にする道筋を乱してしまうかもしれません。たとえば、ある作品の内容は忌まわしいものかもしれません。憎悪がこもっていたり、下品なものであったり、見境のない暴力性をはらんでいたり、あるいはまったく人間味に欠けていたりしても、その表現形式は巧みな構成や表現力ある手法によって、心をとらえたりすることもあります。このような作品は本当に高級な本質を有しているのでしょうか？それは第一級のものであると、いつか認められることがあるのでしょうか？あらゆる価値基準は結局不可能であると判明するでしょうか？そして、真の美を明確にしようと私たちがおこなってきた試みは不毛なままでしょうか？

ともかく、古代の中国人たちはこの試みをあきらめませんでした。彼らが理解したのは、芸術が生み出す形の多様さ、また人々が示す好みの多様さが現れる水準を乗り越え、より高度かつ上流の水準、〈創造〉の源そのものに近い水準に決然と身を置かなければならないということです。タオ〈道〉の信奉者として彼らは、〈道〉の歩みそのものが持続する創造であり、人も創造するという行為によってそれに参与し、そのことによって自らの尊厳を得るのだと確信していました。だから彼らは、生の原理に基づき必要とされる価値を明確にする概念をいくつか掘り起こそうと試みたのです。繰り返しますが、それは彼らの宇宙観、人間の行為《ジエスト》が〈宇宙の懐胎《ジエスタイオン》〉に結びついているような宇宙観と密接な関係にある概念です。

そこで、以下に述べるものが、三段階の体系を構成する根本的な三つの概念です。私は次のような組織的な順序、つまり絪縕、気韻、神韻という順番で、その概念を説明していきます。

1．まず、基礎にある第一段階、絪縕《いんうん》〈統合する相互作用〉です。この概念が意味するところは、ある作品を構成する要素は、統合する、絶え間ない相互作用のプロセスのうちに取られなければならないということです。これは作品が生きている有機的な単位となるために必要な条件です。文字通りの意味では大気の状態を喚起するものです。そこでは、あるものは陰に属し、他のものは陽に属しますが、この様々な要素が接触し、交流し合います。それらのものは引き合い、呼びかけ合い、互いに浸透し、一つのマグマを形成する、あるいはむしろ相互浸透現象を起こし、そこから様々な形態がその骨格と肉、形式と動きを伴って出現し、明確な姿となります。

比喩的に言うと、この概念は性行為も示唆し、そこではパートナー同士が自分たちの違いを意識しつつ結合へと向かいます。このすべては、始まりのカオス〈混沌〉のように分化を胚胎していて、天と地の出現に到達するまではやみませんでした。天と地は一たび現れると、両者がおのれの存在を主張しますが、互いに補完し合うことを心得ています。共にもともと交じり合っていたことを忘れていないからです。そこには対比と結合のダイナミックな不滅の運動があります。それは絵画作品の生ける素材の基盤となっており、作品には欠かせないものです。〈天－地〉に関して、私は水平のただ一本の線で書かれる表意文字の「一」を思います。この文字は中国の思想においては、天と地を分けた、始まりの描線――原初の〈気〉――を表します。したがってそれは、同時に分割であり統一でもあります。

この文字をもとに考えると、十七世紀の偉大な画家、石濤《せきとう》にとって大切な「一画論」を思わずにはいられません。この画家によると、基本単位の筆の「一画《いっかく》」は想像し得る、すべての可能な線を含みます。生の基本単位であり、すべての存在に命を与える原初の〈気〉にならって、それは同時に「一」と「多」を体現します。したがって「一画」を掌握していれば、芸術家は「多」

「広大なるもの」と出会いにゆくことができ、決して迷うことはありません。それどころか彼は、高度な次元に、すなわち統合する相互作用に到達することができるのです。石濤はさらにその『画語録』の中で〈氤氳〉の概念にも一章を割き、とても具体的な意味において、〈氤氳〉とは芸術家の筆が墨に出会い、ある姿や光景を生み出すあの決定的な瞬間も指すのだと述べています。中国芸術の想像世界においては、墨は生成する自然が潜在的に持つすべてを体現し、筆はと言えば、明かされることを待つこの自然に臨み、それを表現する芸術家の精神を体現しています。かくして、〈氤氳〉を実現する筆‐墨においては、芸術家の「感じ取る身体」、風景の「感じ取られる身体」のあいだで、肉感的な関係が結ばれます。要するに、〈氤氳〉とはまさに作品に内在するあの性質です。つまり、多様なレヴェルの相互作用——物質を構成する様々な要素のあいだ、物質と精神のあいだ、そして最終的には主体としての人間とそれ自身が主体である生ける宇宙のあいだの相互作用、そのような相互作用の内部そのものから生じる統合的な秩序です。

2．中間の段階としては、気韻〈律動的な気〉があります。〈気韻生動〉（「律動的な気が活気づけられんことを」）は六世紀初頭、絵画芸術のために謝赫《しゃかく》〔画家・絵画理論家（479-?）〕によって打ち立てられた六つの規則のうちの一つです。他の規則は昔の画家の研究、画面構成の原則、色彩の使用法などに関係するものですが、この規則はただ一つ、作品の核心に触れるものです。これを表明した謝赫の目には、律動的な気こそ作品を深みにおいて構造化し、輝かせるものだからです。この観点は後に大半の芸術家によって支持されましたから、〈気韻生動〉は絵画の、さらには意味を広げて習字や詩歌、音楽の黄金律となりました。律動のテーマが中国の芸術においてこれほど卓越した地位を占めるのは、その宇宙観が〈気〉の考えに立脚しているので、生ける宇宙がそれによって活気づけられているような「律動する大なるもの」という観念を、ごく自然に取り入れたからです。

これもその宇宙観に拠るのですが、中国人の思考は「気が律動するようになると精神となる」と理解します。ここで律動とは、生けるものたちの内にある法則——中国人はこれを理と名づけています——とほぼ同義です。まず明確にしておきますが、律動という意味は、あの同一なるものの苛立たしい繰り返しである拍子という意味を大きく超えるものです。現実においても作品においても、律動はある与えられた実体を内部から活気づけるとともに、目前にある様々な実体にも関わります。それは交差と交錯を含み、さらには衝突を含んでいますが、それは作品が表現として猛り狂う情動や暴力を表すときです。しかし一般的に言って、律動は言葉の動的な意味における調和を目指すものです。対峙するものと反響から成る調和です。その時空間は決して一次元的なものではありません。跳ね返りやほとばしりにも欠かない螺旋状の動きにしたがって、それは垂直方向への強度を増し続け、途中では予想できない形や思いがけぬ反響を生み出します。ある作品の中で、律動する気がまとまりと構造を与え、統合し、変身と変化をもたらすというのは、この意味においてです。

〈気〉のことを話しているものですから、ここで冲気〔真ん中の空（くう）〕、あるいはむしろ、いくつかの種類の冲気の重要性を強調しておく必要があります。そこでこそ気が再生し、循環するからです。これらの冲気は広いものであれ狭いものであれ、明らかなものであれ目立たぬものであれ、作品に息を与え、形をきわだたせ、予期せぬものが生じることを可能にします。ここではあえて、私の師であり友人であるアンリ・マルディネの、律動についての見事なテクストの抜粋を引用してみます。実に適切なものであると私には思われるからです。

> 同じものの周期的な回帰――拍子という繰り返しの原理――は、予期できず移動させることもできない新しきものの創造を完全に否定するものだ。リズムこそ、その新しきものの出来《しゅったい》であり到来である……それは波のようなものだ。形成途上のその形、私たちと共鳴し合うその形は、私たちと世界の出会いのおのずから様相を変える場、私たちを包み込む世界との常に切迫した出会いの場だ。その上昇と下降とは続いて起こるのではなく、一方から他方へと移り変わるのである。頂上の付近では、私たちの期待が高まる一方で、波の上昇する動きは弱まるが、そのくぼみに達する前には動きが加速される。このようにして、二つの時間、

上昇期と下降期は、各々がその対立期における自らの姿とは逆に向くものとなる。二つの時間は、共存によって自らが存在する次元を失うことのないままに、一方が他方から解放されることはあり得ない。リズムの時間は、その予期できぬ到来において、相互性の中にしか存在しない……リズムは時空間の中では展開しない。リズムが自らの時空間を生み出すのだ。リズムを持つ空間の到来は、形を取る瞬間、リズムを生む瞬間における芸術作品のすべての要素を構成する変形と一体化している。このリズムを、人は自らの前に持つことはできない。それは所有の秩序に属するものではない。われわれがリズムに存在するのだ。リズムに連なることで、われわれはおのれ自身であることを実感する。われわれは存在するものにおいて、この開かれた状態の中で存在する。リズムとは不意におとずれた存在の一つの形である……それを前にしたときに、自分は存在するに足りると思えるような作品――例えば、コンスタンティノープル〔現イスタンブール〕の聖ソフィア大聖堂〔トルコのイスタンブールにある歴史的建造物で、アヤソフィアとも呼ばれる世界文化遺産〕の身廊、牧谿《もっけい》〔中国、南宋末から元初頭の禅僧画家、日本の水墨画に大きな影響を与えた〕の《六柿図》、サンクトペテルブルグ〔ロシア〕のエルミタージュ美術館にあるセザンヌのサント＝ヴィクトワール山の絵――は稀である……。

3．最後に、最も高い段階において、神韻〈神々しい響き〉があります。この表現は、ある作品が第一級の偉大さに属するために持たなければならない至高の性質を指すものです。人はそれを実にとらえがたいものと感じています。それほど、何か抽象的でつかみどころのないものを示唆しているように思われるのです。中国の人々は、それを厳格すぎる定義の中には固定しないようにしています。定義しても、それが喚起する性質を、「感じることはできるが、明確に述べることはできない」状態と見なしているのです。

けれども、できるだけ近くからそれを囲い込んでみましょう。〈神《シエン》〉は〈気〉の高次の状態です。〈神〉は一般に「精神」、あるいは「神々しい精神・霊」と訳すことができます。〈気〉とまったく同じく、〈神〉も生ける宇宙の根幹にあります。中国思想によると原初の「息吹」は生のすべての形に命を与えましたが、「精神」の方は生ける宇宙の精神的な部分、意識的な部分を統御しました。この考え方には驚かれるかもしれません。あの考える存在である人間に〈神〉が宿っているということ、これは万人に受け入れられるように思われます。その代わりに、生ける宇宙の方にも〈神〉が宿り、さらには〈神〉に統御されているなどと言い張ることは、単なる物質主義者にとってはうさんくさいことに思えるでしょう。このような考え方の深い理由は、中国思想が物質と精神とを区別しないということにあります。その思想は基礎単位である生という項目で推論します。そして生の秩序の中ではいくつかのレヴェルを区別しますが、その間では不連続性や組織的な断絶を認めていません。このような思考に陶冶された民族は「あまり宗教的ではない」と見なす人は多く、おそらくそれは本当のことです。この状況は、後に中国に仏教、イスラム教、それからキリスト教が移植されることを妨げませんでした。けれども、この民族はそれなりに、聖なるものという感覚は持っていました。他ならぬ「道」という聖なるもの、あの開かれた生の抗しがたい歩みのことです。あまりにもシンプルであるために一見素朴なある一句が、それを定義できるように思います。『易経』〔儒教の経典として尊重される五経の一〕の注釈の中に含まれる一句「生生不息（生は生を生み、終わりはない）」です。ここで生とは単に生存するという事実を超える意味を持ち、それが生の約束として含むものすべてを常に意味しています。「神々しい精神」という名前を持つものは、侵すことができず、だれにも開かれているこの原理です。生ける宇宙にも人間にも宿るこの聖なるもの、この〈神〉は、いかにして人の死すべき運命から生ずる苦しみを引き受けるのでしょうか？　その要求するところと公平さによって、聖なるものは無関心に見えるかもしれません。そして人はしばしば激しい恐怖、苦痛、あるいは憎しみに押しつぶされて、それに釈明を求めるか、無理強いをすることもあります。しかし、聖なるものそのものは荒々しいものではありません。

芸術家たちと、〈神《シエン》〉は共謀関係を結びます。彼らのうちで最も偉大なる者たちは、詩人であれ画家であれ、自分の筆は「神によって導かれている」と主張しました。知識階級は人が達成できるもののうち至高の位置に詩と絵画を置きますから、その伝統では美学と倫理学と分かつことはほとんどないということを忘れないようにしましょう。伝統が芸術家に説くところは、自分自身の精神が最高レヴェルの神々しい精神に出会うように望むならば、聖徳を実践しなさいということです。中国語には神〈神々しい精神〉に聖〈聖性〉を結びつける習慣があります。そしてまさに合成語の「神聖」があり、これは人の〈聖〉が宇宙の〈神〉との対話に入る特権的な瞬間を指します。そのとき、この〈神〉は生ける宇宙の最も奥深く秘められた部分を人に開示します。したがって、神韻〈神々しい響き〉という表現は「神々しい精神と響き合っている」という意味に理解すべきです。ですから、そこから発生する観念は音楽的な性質を持つものです。音楽性は実際に中国芸術では第一義的なものです。しかしながら、絵画と詩に関しては視覚的側面も無視できないでしょう。「神々しい響き」という概念を理解するために、私たちは視覚の観念、存在という観念に助けを求める必要があります。

絵において、芸術家がその筆の下で生み出す景色は、高慢さが見え透いていたり、苦しみが読み取れたりすることがあります。緊密であったり、軽やかであったり、輝きに包まれていたり、神秘に浸されていることもあります。重要なことは、その景色が単なる描写という次元を超えて、ある出現、ある到来として与えられているということです。それは人が感じ取ったり、予感したりすることのできる、ある存在の到来——「存在」と言っても、具体的な形を取ったり、見えないものが擬人化されたという意味ではなく——、神々しい精神の存在そのものの到来です。その目に見えぬ部分もすべて含めて、この存在は中国の理論家たちが「象外之象」（見える像の彼方の像〉と呼ぶものに相当します。その存在はまた、禅の精神性がひらめきとして体験することに近いものです。そのとき、自然のある光景、例えば花咲く木、鳴きながら飛び去る一羽の鳥、ある沈黙の一瞬を照らす太陽や月の一筋の光を前にして、突然、心は光景の向こう側に飛んでしまいます。そのとき人は事象の幕の向こう側に身を置いていることに気づきます。そして、おのれから出てゆき、おのれにやって来るある存在、一つの全体として分割はできず、説明することはできず、しかし否定することはできないある存在という印象を感じます。それは物惜しみせぬ一つの恵みのようであり、そのおかげで、すべてがここにあり、奇跡のようにあり、始原の色の光を発散しながら、心から心へ、魂から魂へと、始まりからある歌をささやいているのです。

　私は今、「魂」という語を発しました。それは意境〈魂の次元〉という概念を連想させます。私たちはそれに、薔薇に関して第二の瞑想ですでに出会いました。この概念は中国の美学思想においては、例の神韻〈神々しい響き〉とほぼ同等のものです。ちょうど〈神《シエン》〉のように、意〈心や魂の意向〉は人にも生ける宇宙にも備わっているものです。ですから、〈意境〉は人間と神なるものとの間の、魂から魂への暗黙の了解を示唆します。中国語はそれを「黙契」という表現で表しています。けれども、決して完全ではない了解です。埋めるべき隙間や中断、欠落は常にあることでしょう。探し求めている無限はまさに有限の‐中にあるものです。中国画の掛け軸を延長する余白はそれを表すためにあります。気によって動きを与えられるこの余白は、新たな了解の前触れとなる新たな到来を受け入れようとしている期待、傾聴を秘めています。この新しい了解を目指して、芸術家の方は常に苦痛や悲しみ、窮乏や堕落を耐え忍ぶ覚悟をし、最後には自己のおこないの火に焼き尽くされ、作品の空間に吸い込まれるがままになります。芸術家は、美とは単に与えられた素材ではなく、与えられたものの中で至高の恵みであることを知っています。そして人間にとって、美は単に既得のものではなく、常に一つの挑戦であり、一つの賭けとなることを心得ているのです。

訳註

（一）　『朝日の中の黒い鳥』よりの引用。これは外交官として一九二〇年代に駐日フランス大使も務めたクローデルの日本（朝日－昇る太陽の国）文化に関する独立したエッセーだが、チェンが参照したものはフランスの出版社から出た『東方の認識』に収められている。

（二）　『老子』第三十三章末尾。岩波文庫（蜂屋邦夫訳注）による書き下し文は「死して而も亡びざる者は寿（いのちなが）し」。蜂屋訳は「死んでも、亡びることのない道のままに生きた者は長寿である」。

（三）　詩篇「エンデュミオン」（livre I, v. 1.）。英語の原文が引用され、フランス語訳が添えられている。

（四）　「シラ書」（旧約聖書外典）、三二章三節参照。「シラ書」同箇所にあるこの音楽という語は魂に関する比喩ではなく文字通りの意味であるが、この表現は文脈から離れ、汎用的な比喩表現として使われている。

（五）　原書の中国語訳には、この言葉の出典として中国の禅師たちの語録である膨大な文献『五灯会元』巻第十七の青原惟信禅師の言葉が挙げられている。青原惟信は「佛家三境界」を説いた。第一境界「山が見える」は事物が見たままの姿であると信じている状態。第二境界「もう山は見えない」は目に映ったものの背後には見えないものがあり、見えるものは必ずしも真実でないのではないかと迷っている状態。第三境界「再び山が見える」は世界の本質を見抜いた後、山は依然として山であると認識する状態で、すべての人がこの境地に達するわけではない（この情報については、工学院大学中国語講師の安明姫氏から、「百度」等のネット上の中国語文献に拠るご教示をいただいた）。

（六）　「飲酒二十首」其の五の五～六行目、「菊を採る東籬《とうり》の下《もと》／悠然として南山を見る」（書き下し文は川合康三編訳『新編　中国名詩選』上、岩波文庫より）。

（七）　メルロ＝ポンティはフランスの哲学者（一九〇八―一九六一）。キアスムはもともと修辞学の用語で、文章中の構文上可逆的な語を交差するように入れ替えて、表現上の効果をねらう用法。

（八）　「獨座敬亭山」の三～四行目、「相い看て両つながら厭わざるは／只だ敬亭山有るのみ」（川合康三編訳『新編　中国名詩選』中、岩波文庫より）。

（九）　フランスの悲劇作家ラシーヌ（一六三九―一六九九）の代表作『フェードル』。ギリシア神話の英雄にしてアテネの王テゼー（テセウス）の妃フェードルは義理の息子（テゼーの子）イポリットに宿命的な恋をするが、イポリットに受け入れられるはずもなく、両者ともに悲劇的な最期を迎える。「業火に灼かれ、涙に沈む、やつれはて、渇きはてて。／一目見れば、それですべては分かったはず、／一時でもよい、そなたの目が、わたしのことを見てくれたなら」（第二幕で二人が対峙する場面におけるフェードルの言葉。岩波文庫・渡辺守章訳『フェードル　アンドロマック』より）。

（一〇）　氤氳とは天地の気の盛んなさま、また一般に活力が盛んなさまを表す。現代ではまず使われない言葉だが、漢籍に深い素養を持つ夏目漱石は初期の代表作『草枕』第三章において、語り手の画家の半睡状態の意識描写にこの言葉を用いている。「（……）魂と云う個体を、もぎどうに保ちかねて、氤氳たる瞑氛《めいふん》が散るともなしに四肢五体に纏綿《てんめん》して、依々《いい》たり恋々たる心持ちである」。芸術創造におけるこの氤氳、そして気韻、神韻の重要性についてはは本書の結びにチェンの詳しい解説がある。

訳者あとがき

本書『美についての五つの瞑想』は水声社から既刊の『死と生についての五つの瞑想』『魂について――ある女性への七通の手紙』と三部作を成すものであり、本国フランスでは実際に箱に入った一セットとしても販売されています。冒頭に置かれた原著刊行者序文にあるとおり、これは芸術家や作家・詩人、学者などを中心とする詩人フランソワ・チェンの知り合い、友人たちに向けた五夜に渡る講話をもとに生まれた本です。私たちの生において美はどのような意味を持つのか、心から湧き上がる思いを伝えようとするその語りは格調高く美しく、何よりもまず詩人の直観に支えられた深い思索に満ちています。原著としては三部作の中で最初に刊行されたものであり、西洋の文化を踏まえながらも、他の二作と比べると、祖国中国の思想・美学に重点が置かれている点に特徴があります。

なお、予期しない形でフランスに渡ってから獲得した言語で書き始め、フランスの詩人・作家として揺るぎない評価を得た末に、フランス文化の殿堂であるアカデミー・フランセーズにアジア系初の会員として迎えられるに至ったチェンの経歴は、訳書『魂について——ある女性への七通の手書き』のあとがきに、ある程度詳しく記されています。

〈あいだ〉にいる男　フランソワ・チェン

本書の重要ポイントは中国の思想・美学ですが、ここでは少し視点を変えて、若きフランソワ・チェンと西洋絵画との関わりの転機から話を始めてみましょう。「私はずっと前から絵画を見てきたのだろうか?」と自問し、そうは思わないと確認することから詩人が書き始めている『ルーヴルへの巡礼』と題された大判の本があります（*Pèlerinage au Louvre*, 2008）。ルーヴル美術館収蔵品から精選された絵画作品への解説を通して、美を語ったものです。子供時代にルネサンスのイタリア絵画やフランス新古典派のアングルの《泉》などの複製品を見て衝撃を受けた短いエピソードが本訳書にも語られていますが、文学書を好み、音楽愛好家でもあった若き詩人は、必ずしも絵画を好んで鑑賞していたわけではありません。

一九四八年にフランスに渡り、長い試行錯誤と困窮の日々を経た後、六十年代に入ってから現地で直接見る機会に恵まれたイタリア・ルネサンス絵画の豊饒さに打たれ、ヨーロッパで暮らす特権を与えられたのだから、可能な限りその美と対峙することにしようとチェンは決意します。この意識は祖国を思うメランコリー、流謫の身にあるのだという苦悩から引き離してくれる効果を持ったそうです。美術館だけではなく、作品を収蔵している他の場所、例えば城館や教会、まるでその土地の地霊と交感しているかのようなチャペルを巡る機会を逃さないように心がけていた詩人はある日、自分は「西洋の巡礼者」であると自覚するまでになりました。そこには遥か彼方から、世界の一方の果てからやってきた男が抱く憧れがあり、他者の最良の部分を深く理解し、できるならば共有したいという抗いがたい欲望があります。

さらに、この巡礼がチェンにもたらした重要な点があります。遍歴の途上でしばしば疲れ果て、孤独に押しつぶされそうな思いにとらわれたこの〈巡礼者〉の意識から、「自分の頭陀袋《ずだ》はまったく空っぽというわけではない」という思いが消え去ることはありませんでした。中国で生まれ育った詩人の内には、悠久の歴史を持つ祖国の文化が確かに存在するのです。チェンによると、極東においても、インドから渡来した仏教の同化の後、およそ八世紀から十三世紀にかけて西洋のルネサンスに類するような芸術上の新しい動きがあったそうです。

西洋の〈巡礼〉を始めたころ、彼にはまだ中国の文化遺産に関しては表層的な知識しかありませんでした。しかし西洋という回り道を経たおかげで、中国の遺産をより体系的に研究しようという気持ちになったのです。また逆に、祖国の文化の知識を深めることが西洋の芸術を理解するための助けにもなりました。一方の最良の部分は他方の最良の部分を呼ぶということです。二つの文化の違いそのものが、それぞれの独自性をより深く理解する感覚を養います。

西洋に比肩しうるほど多くの質の高い絵画作品が生み出された地は中国以外にはないとチェンは考えています。その中国の文人たちは次第に、詩を交えた絵画芸術を人間精神が到達できる最高度の所産と見なすようになりました。その根源には彼らの宇宙観があります。〈気〉の観念から出発して古代の中国人たちは、その内ですべてが結び合い支え合う〈生ける宇宙〉という統一的な概念を提唱しました。基礎単位である〈気〉は万物に命を与え、絶え間ない変換の場、生の巨大な網ともいうべき〈道《タオ》〉を創り上げています。原初の息吹から派生した三種の気――陰・陽・沖気（真ん中の空《くう》）――の相互作用が〈道〉の内で絶え間ない変化を生み出します。したがって、実体の〈あいだ〉で起こることは実体そのものよりも重要です。詩人が繰り返し説いているように、この〈あいだ〉に無限なるものが潜んでいるのかもしれません。そしてこの観点によってこそ、人間の生成は宇宙《コスモス》の生成と不可分となり、人は宇宙の構成要素となる――チェンはこのことを「人が宇宙を思うことができるのは、実に宇宙が人を通して思うからだ」という詩的な表現で表しています。人はこの生ける宇宙との絶え間ない交感を維持することによってその運命を完遂できます。だから文人画家たちは大自然との深い対話を試みました。自然を構成する生きた実体と交感することにより、おのれの内にある感情や欲望、郷愁や熱情、軽やかな夢も聖なる恐れも、精神の探求もみな表現しようとしたわけです。

昔日の巨匠たち、それに続く文人画家たちは、悠久の歴史を持つ能書の術に仏教芸術を加味し、中国ルネサンスともいうべき運動を起こし、それが後代の発展につながっています。この中国絵画芸術の伝統の偉大さに手薄なところがあるとすれば、それは何でしょうか？　詩人チェンが見るところ、人間という実在表象のある部分があまり徹底化されていないようです。それはまさに西洋の絵画が開拓しようとしたものでした。つまり、人間の身体の美、顔と眼差しの神秘、人間に特有の運命に襲いかかる悲劇、その苦しみを通して時折現れる超越性の光です。時代が下ると、精神的な真のヴィジョンに支えられず、実在の源に養われていない一部の作品は、単なる技巧に頼るだけのものとなる恐れがあります。特に今日では、多くの書家や画家が伝統を標榜してはいるが、単なる「作り手」になり下がっているとまで詩人は言っています。中国絵画は宇宙《コスモス》の中の人間をとらえようとしてきました。人間と〈他なるもの〉との関係だけではなく、人間という存在そのものを正面から見つめる術を学ぶためには、さらに西洋との対話を進めるべきだと詩人は考えているようです。

詩人が見る《モナ・リザ》

本書『美についての五つの瞑想』においては、単独で破格の扱いを受けている絵画作品は二点あります。一つはアングラン・カルトン〔生没年不詳〕の一枚、通称《アヴィニョンのピエタ》〔一四五五年頃〕です。フランソワ・チェンはこれをフランス絵画の、さらには西洋絵画の「栄光」であるとまで述べています。本書での読解は前述の『ルーヴルへの巡礼』におけるテクストとほぼ同一です。

本書における別格の扱いはもう一枚、周知の絵と言っても許される稀な作品、レオナルド・ダ・ヴィンチの《モナ・リザ》です。チェンの読解には幾分長い引用がはさみこまれています。引用元の本が刊行される半年ほど前に病死したという女性神学者フランス・ケレによる文章です。あたかも詩人チェンに対抗するかのように詩的で力強く、遺言のような趣まで感じられます。訳者としては、本書の数多くの引用の中でも一番印象に残ったものです。

しかしここではチェンの著作、主に上記『ルーヴルへの巡礼』の記述を踏まえて、少し異なった角度から説明を加えてみましょう。詩人は本訳書の長い解説においてイタリア語の「ラ・ジョコンダ」にあたるフランス語名と一般に流布している「モナ・リザ」を混在した状態で使用していますが、ここでは「モナ・リザ」に統一してみます。

一五一九年の死の三年前、フランス王の招きで祖国を離れた際にも、人間というもの、人間を取りまく世界、すべてを解明しようと欲したこの男レオナルド・ダ・ヴィンチは《モナ・リザ》を持参し、最後まで手放そうとはしませんでした。モナ・リザの眼差しが放つオーラは私たちを魅了し続けています。そこには謎があります。それはこの生ける宇宙の秘密を探ろうとし続けた画家の眼差しそのものから来ているのかもしれません。画家の努力はモナ・リザという人物と同じくらいに背景の風景にも注がれているようです。本書においても、その風景を詩的な表現で読み解くケレの引用の直前で、チェンはこの靄《もや》のかかったような景色こそが秘密を解く鍵ではないかと読者に問いかけています。また、私たちが強く感じるものは「一種の存在論的な驚き」であると、詩人は巧みに言語化しています。そこには与えられているものに対するある感謝の念——宇宙があり、美しき〈女性〉が存在するという事実、この宇宙がある日、その現前の極まりの中でこのモナ・リザという女性にたどり着いたのだという驚きがあります。それは奇跡的な恵みであり、画家はここでそのことを開示しようとしているというのです。

　ダ・ヴィンチはルネサンスの人として現代で言う物理学や生物学などの様々な分野に興味を抱きましたが、特に人間の身体へと貪欲な目を向けました。人間の〈身体〉は肉体・精神・魂の次元から成り、そのいずれかを単独で分離してとらえようとしてはならないと述べています。彼が見るところ、ある一つの力があらゆる物質、生ける実体を統べているのです。この万能の人は自身の思考過程を記録した膨大な手稿を残しましたが、その比類ない記録は未だ解明途上にあります。特に最近は手稿中の単語の結びつきを調べるAI解析によって水に異常なこだわりを持っていたことが分かりました。変化する水の流れが移りゆく生命体の象徴であるだけではなく、水は実際にすべての生命体の元であるとダ・ヴィンチは考えていたようです。これは老子の思想、絶え間ない変換の場であり、生を統一する〈道《タオ》〉の思想に通ずるものです。

画家のこのような思考を考慮すると、《モナ・リザ》においてもやはり、この女性と彼女を取り囲み支えるものとを分離することはできないことが分かります。背後の風景を二次的な装飾のように見なし、女性の表情にのみ注目すると、表層的な考察だけを引き出すことになります。この絵に十全な意味を与える統一的なヴィジョンが必要であるとチェンは考えているのです。それは〈美の約束〉を始原から含み持つ宇宙というヴィジョンです。

詩人はフランス・ケレの長い引用の直後で、モナ・リザを支えるこの「始原の風景」は「美の約束をすでに内包している風景」であると述べています。この風景には心を和ませるような緑はないように見えます。畑も牧草地も森もない、泥土と岩と水の風景、むき出しになった始原の風景です。あるいは世界を呑み込んだ大洪水が引いて洗われた後の、再びすべてが始まろうとしている世界です。この女性のひじと重ねられた両手の脇をなす下部は泥土と腐植土の暗闇です。ここからまた、新しい生命が生まれてくるのでしょう。黄褐色の中ほど、女の肩の曲線を延長するように、川の流れをまたぐ橋が見えます。左側、女の胸のあたりには曲がりくねって上昇する小道があります。隠されているものを探ろうとする打ち勝ちがたい欲望を表しているかのようです。小道は湖に通じていて、水面には荒々しい騎行のような影が落ちています。絵の上部は別の世界、「途方もなく内省的なもう一つの世界」です。青緑色の空から、右側の最上部にある湖面にはほのかな光が落ちてきています。

この絵には上昇する動きがあります。それはいわば「魂への上昇」であるとチェンは指摘しています。〈美の約束〉はこの始原の風景を背景とする、魂を持つ女性の奇跡的な出現によって表されました。約束はこの女性の現前そのものに行きついたのです。女性の輝きは約束の成就を表し、人間においては常に儚く脆いものである美の永続性は、風景によっていわば保障されています。ダ・ヴィンチは人の美のこの奇跡的な現れを永遠に定着させようと最期まで努力しました。しかし、この瞬間の表象は決して凝固してはいません。《モナ・リザ》は夢見られた風景と人の身体との間の相互浸透、背景と女性の間の繊細な気の往還によって息づいています。そして、女性の姿は鏡のようになり、私たち自身の存在の謎を映し出すのです。

眼差《まなざ》しと恵み

最後に、本書の翻訳を進めている最中に出版された佐々木健一氏の『美学への招待』増補版

〔中公新書、二〇一九年〕の内容とフランソワ・チェンの本との関わりについて記してみましょう。佐々木氏の本はもともと二〇〇四年の刊行以来読み継がれていた名著ですが、新たにアップデートされた増補版には美学の現在を語る部分が追加されています。特に最終章「美の哲学」は本書と重なる部分が多く、大いに考えさせられました。そこで引用されている小説家ナボコフ〔1899-1977〕のことばが強く印象に残ります。アメリカの哲学者、美術評論家としても著名なアーサー・ダントー〔1924-2013〕が、末邦訳の *The Abuse of Beauty* の結びの部分で取り上げていることばです。ナボコフはあるインタビューで、人生の中で何に驚いたかを問われた際に、「意識の不思議さ――非存在の闇のなかで、突然、日に輝く風景に向かって窓が開け放たれること」と答えたそうです。佐々木氏はこれを「存在が意識にもたらす根源的な美」「意識にもたらされた存在の輝き」と言い換えています。

ダントーは批評家としては前衛芸術を擁護し、芸術は知覚されるものではなく考えられるもの、つまり哲学となったと主張しました。ただし、ダ・ヴィンチをはじめとする伝統的な美しい芸術はその歴史的な使命を終えたと見なしただけです。〈芸術〉の新しい形はあり、生の中の美は否定できません。フランソワ・チェンならば伝統的な美しい芸術の歴史的使命の終焉を認めるはずはありませんが、本書において彼が語っている美はもちろん芸術作品の枠にとどまるわけではなく、生の中の美、その根源的な役割についてです。

ダントー自身も美は「人生に不可欠」であるとし、生の意義を確証してくれるのが美であるとしている。このように佐々木氏は解釈し、『美学への招待』の結びにおいて、先ほどの「存在の輝き」をもう一度「虚無のなかに浮かび上がる光あふれる風景」と言い換え、それを旧約聖書の『創世記』冒頭部分に結びつけています。

『創世記』によると、まず初めに神は天と地を創造しました。地は混沌であり、闇が深淵を覆っていました。神の霊が水の面《おもて》を動いていました。あらためて読み直してみると、まさに《モナ・リザ》の背景と呼応しているかのようです。また、ダ・ヴィンチが水を生命の根源と考えていたことが思い出されます。

神のことばにより光が現れ、それは闇と分けられました。これが創造の「第一の日」です。続いて神は空や大地、海、天体を造り、続いてあらゆる種類の生き物を、最後には自らをかたどった存在として人を造りました。天地万物はこのように造られました。この所業に対する評価は聖書新共同訳によると以下のとおりです。「神はお造りになったすべてのものをご覧になった。見よ、それは極めて良かった。」聖書のフランス語訳の一つ、プロテスタント・カトリック共同訳においても、「ご覧になった」に対応する部分には「見る」(voir) という動詞の単純過去形が、また「見よ」に当たる部分にも、その「見る」という動詞の命令形と「そこに・そこを」を意味する副詞から形成された提示語が使われています。ここで見るという行為に注目したのは、フランソワ・チェンも眼差しを向けること、見ることを重要視しているからです。「第四の瞑想」では、明らかに『創世記』冒頭部分を意識しながら語っている箇所があります。

宇宙が創造されたならば、それは自らが創造されるのを見たはずであり、最後には自らにこう言ったことでしょう――「これは美しい」、あるいはより単純に、「これでいい」と。もし、この「これは美しい」が発されなかったとすれば、人はある日、「これは美しい」と言うことができたでしょうか？

「自らが創造されるのを見た宇宙」という言い回しは科学的・実証的精神から見れば荒唐無稽ですが、これはあくまでも詩人のことばです。チェンは宇宙が存在することの驚き、世界に美が存在することの不思議を、なんとか言語化しようとしているのです。

彼によると、本源的な〈美〉を体現する状況的な美も、眼差しにとらえられなければ無益なままであり、その完全な意味を持つ状態にはありません。「意味を持つ」とは、眼差しでとらえられた世界が美の状態に向かうときにはいつでも、ある喜びの可能性を与えることを意味しています。詩人はそれを「喜びの約束をよみがえらせる」と言い換えることができるとしています。美をとらえる眼差しは、見る主体にある出会いをもたらすからです。チェンはそれを「記憶の出会い」と名づけています。美に対峙する人の現在の眼差しは、持続する記憶の中で、彼が美に出会った過去のあらゆる眼差しと合流する。また彼が今までに見た美しい作品の創造者たちの眼差しとも出会う——このようにして「美は美を引き寄せる」のだと詩人は述べています。そしてチェンの詩的直観はさらに飛躍し、眼差しは主体が観照の中で得た内密な経験とも結びつき、究極的には眼差しから眼差しへ——信仰を要することなく——「宇宙のはじまりの〈眼差し〉」にも結びつく可能性を指摘しています。

ここで佐々木氏の著作に戻ると、美学者は先の『創世記』第一章のことば、「見よ、それは極めて良かった」を、人間の創造活動を語るものと読むことができるとしています。職人であれ、芸術家であれ、人がものをつくるとき、思いがけず当初の意図を超えた美が現れることがあります。中国思想ならば、本書末尾で詳説されている「神韻」が働いたと考えるでしょう。佐々木氏はこの働きを、向こうからやって来る「手の恵み」と形容しています。これは「手を介して、彼方からやって来る恵み」と言った方が分かりやすいかもしれません。

実はこの「恵み」(don)という語をチェンはここかしこで使用しています。例えば、モナ・リザの微笑と眼差しは、ある直観的な自覚、「はるか彼方からやって来た一つの恵み」という直観のしるしであると詩人は述べています。「直観的な」という形容詞がなければ、「自覚」という語は強すぎるかもしれません。モナ・リザは自分にある種の魅力があることは、おそらく自覚しています。しかし、魅力があり美しいとしても、その美は単なる顔立ちの美しさではありません。その女性は媚びを売ったり、実際以上に美しく見せようとしたりはせずに、ただそこにいて、ほのかな光に身を任せています。まるで自らが「彼方からやって来た一つの恵み」であることに満足しているかのようです。

真の美は生成して明かされるもの、〈そこに現れるもの〉であり、現れて人の魂をつかむものである——このように詩人は他のところで述べています。〈そこに現れるもの〉とは『創世記』の冒頭に描かれているような強烈な「光」——これは物理的な光ではなく、〈存在〉することの驚きを表す〈ことば〉と考えることができます——というよりも、ほのかな、しかし確かな、エネルギーのような様態で現れるのかもしれません。フランソワ・チェンはそのような何か、生の原理とでもいうべき超越性を、力をつくして私たちに語りかけているように思います。

内山憲一

著者／訳者について——

フランソワ・チェン（François Cheng）　一九二九年、中国に生まれる。一九四八年に渡仏。詩人・作家・書家。二〇〇二年にアジア系初のアカデミー・フランセーズ会員に選出される。主な著書に、『死と生についての五つの瞑想』（*Cinq méditations sur la mort : autrement dit sur la vie*, Albin Michel, 2013. 邦訳、水声社、二〇一八年）、『魂について——ある女性への七通の手紙』（*De l'âme : sept lettres à une amie*, Albin Michel, 2016. 邦訳、水声社、二〇一八年）、主な小説に、『ティエンイの物語』（*Le Dit de Tian-yi*, Albin Michel, 1998. 邦訳、みすず書房、二〇一一年）などがある。

＊

内山憲一（うちやまけんいち）　一九五九年、長野県に生まれる。東京大学大学院人文科学研究科博士課程単位取得満期退学。現在、工学院大学教授。専攻、フランス文学。主な訳書に、ミシェル・ビュトール『ポール・デルヴォーの絵の中の物語』（朝日出版社、二〇一一年）、フランソワ・チェン『死と生についての五つの瞑想』『魂について——ある女性への七通の手紙』（共に水声社、二〇一八年）、詩集に、『おばけ図鑑を描きたかった少年』（港の人、二〇一六年）がある。二〇一四年度朝日埼玉文化賞 詩部門正賞受賞。

装幀――滝澤和子

美についての五つの瞑想

二〇二〇年七月二〇日第一版第一刷印刷　二〇二〇年八月一〇日第一版第一刷発行

著者――フランソワ・チェン
訳者――内山憲一
発行者――鈴木宏
発行所――株式会社水声社
東京都文京区小石川二―七―五　郵便番号一一二―〇〇〇二
電話〇三―三八一八―六〇四〇　FAX〇三―三八一八―二四三七
［編集部］横浜市港北区新吉田東一―七七―一七　郵便番号二二三―〇〇五八
電話〇四五―七一七―五三五六　FAX〇四五―七一七―五三五七
郵便振替〇〇一八〇―四―六五四一〇〇
URL : http://www.suiseisha.net

印刷・製本――精興社

ISBN978-4-8010-0477-1

フランソワ・チェンの本

死と生についての五つの瞑想　二〇〇〇円
魂について――ある女性への七通の手紙　二〇〇〇円

［価格税別］